湖を渡る軌跡

ケビン小竹

東京図書出版

湖を渡る軌跡

一

多摩の気温は都心より少し低い。数年に一度は積雪もある。今年もそうだった。

高架のホームを冷たい風が吹き抜けていく。電車を待つ短い時間でさえ、じっとしていると全身を冷気が攻めてくる。

そんな時、真夏の猛暑が恋しくなったりする。猛暑は猛暑で嫌なのだが、冬には夏を、夏には冬を待ち焦がれるようなところがあった。ないものねだりで、あまのじゃくな性分だと思う。そして自分勝手でもある。

線路の周りには、おびただしい数の小石がびっしりと敷き詰められている。どれも同じようなサイズの尖った石だ。これは何処から持ってきたのだろうか。日本中に張り巡らされた線路の小石となると、相当な量になるはずだ。そんなたわいもない事に興味を持ったりもする。

矢沢陽介は、夕べ服用した頭痛薬のせいか、ぼんやりとした意識の中で、ホームに立っていた。

多摩から矢沢陽介の実家がある横浜までは、京王線からＪＲと地下鉄を乗り継いで、一時間ほどかかる。矢沢は、父親の三回忌法要に出かけるところだった。亡くなってからもう丸二年だ。

寒いホームから逃げ出すように車両に乗り込む。休日の車内は比較的空いていて、暖房が効いた車内は心地よい。

暖かい椅子に腰かけた老若男女は、携帯画面や雑誌を眺めていたり、居眠りしている人もいる。見知らぬ一人ひとりには個々の生活があって、この車両で目的地を目指しているのだが、それぞれどんな人生を歩んでいるのか想像してみたりもする。

二十代の若者を見ると、矢沢は従弟の聡《さとし》のことを思い出す事がある。母親の弟である加藤の長男で、矢沢とは二回り歳が離れていた。いったい何処でどのような暮らしをしているのだろうか。聡がいなくなってから、もう二年以上が経つ。

矢沢は、一時間ほどの法要の後、会食を済ませて親族ともども実家まで戻ってきた。二年前に亡くなった矢沢の父親は、総合商社に勤めたあと、定年後はゼネコンで第二の職場も大過なく勤め上げた。母親との旅行や趣味のゴルフに興じながら、充実した楽しい人生を送ることができた。

矢沢の母親の弟で、いなくなった聡の父親である叔父の加藤は、たまに実家に顔を出して、ひとりになった矢沢の母親の話し相手になってくれたりしていた。加藤は五人姉弟の末っ子で、長女である矢沢の母親には、昔から可愛がられていた。

親族が集まると、男どもは麻雀に興じるのが慣例だった。そうやって深夜まで実家で過ごすことが、母親の寂しさを紛らわしてくれることにもなるのだ。

母親の実家は山梨の旅館で、自慢の夜食作りは手慣れたものだ。四人分の焼きおにぎりを作ってもってきてくれる。今日は叔父の加藤の一人勝ちだった。

矢沢がさりげなく加藤に話しかけた。

「叔父貴、聡がいなくなってから、もう何年にもなるよね」

「そうだなぁ。もう二十六歳になっているはずだ。いったい何処でどうしているんだか。何か人様に迷惑をかけるような事をしていないといいんだが」

叔父の加藤は、そうやって他人事のような言い方をするが、本心では見つけ出して抱きしめたい気持ちに違いない。しかし、時を経ることで、そういうところを見せなくなった。

「ツモ。面ホン發三暗刻。親っ跳一万八千点」

一番年上の伯父が大きな声を出した。すっかり麻雀に没頭している。

「そうだね。もう二十六になるか。聡は優しく思いやりのある奴だった。何処かで元気でいるはずだと思う。いつか必ず見つかるよ」

矢沢は若い頃から賭け事もするが、博才はない方だ。麻雀は四人全員が勝つことはなく誰かが負けるものだ。そういう意味では、不特定多数の誰かが負けて自分が勝っても、敗者に気兼ねしなくても済む競馬の方が好きだった。

「陽介にもいろいろと捜し回ってもらって感謝している」

加藤は矢沢の方に顔を向けてそう言った。

矢沢は、叔父の加藤には若い頃から随分と可愛がってもらっていた。大手運送会社で修業した後、自身で会社を経営していた加藤は、矢沢の就職祝いにと、銀座のクラブに連れて行ってくれたりもした。高いシャンパンを頼んだからか、お勘定を見て驚いたものだ。翌日、店の営業が菓子折りを持って矢沢の会社を訪ねてきた。新入社員の矢沢は、職場で随分とバツが悪かった。

叔父の加藤が、何かと矢沢を可愛がってくれていた事もあり、矢沢は加藤の息子である幼い聡の面倒をよくみてやっていた。加藤も叔母も、事業を営んでいて忙しくしていたため、あまり聡を何処かへ連れて行ってやるような事がなかったのだ。矢沢が両親に代わって、休日に聡を遊びに連れ出してやったりしていた。

聡が初めて行った遊園地は、千葉の谷津遊園だったし、初めての流れるプールは、足立区の東京マリンで、いずれも矢沢が連れて行ってやった。どちらの施設も、今は既に閉園してしまっている。

聡が、大学に合格した年の春休みに、大阪に赴任していた矢沢を訪ねてきたこともあった。矢沢の社宅に一週間滞在し、そこを拠点にして大阪近郊の観光地を一人で巡ったりしていた。

矢沢も休みの日曜日に、二人で阪神競馬場に行き、聡は生まれて初めて購入した馬券で、そこそこの配当を的中させ、帰りに豪勢な晩飯を食って帰ったこともあった。

独身貴族で気が若い矢沢は、聡にとって、親子ほどの歳の差を感じさせない、歳の離れた兄貴と親父の中間のような存在だった。

聡は矢沢に対して、口には出さないが、頼もしさのような気持ちを抱いていて、自身が大人の男として成長していく上で、見習うべきところを多分に感じていた。

二人のそんな関係から、矢沢にとって家族同然の聡がいなくなったことは、大きな出来事であり、自分が必ず見つけ出してやりたいという想いが強かった。

「また、新しい情報がわかったら連絡するから」

矢沢はそう言って、久しぶりに会った加藤に、あきらめず聡を捜し続ける事を伝えた。

二

事が起きたのは二年前の夏だった。その年は特に酷い猛暑だった。

大学四年生だった加藤聡は、男友達三人と新宿でレンタカーのワゴン車を借りて、卒業旅行に出掛けた。

卒業旅行といえば、海外に行く学生も多かったが、日本にだって素晴らしいところは沢山ある。時間はあるが金はない四人にとっては、日本中を親友と共に旅することだけで、十分に満足感が得られた。

貧乏旅行で、宿の手配などはせずにキャンプや車中で寝泊まりするなど、気ままに国内を旅する計画だったという。

早朝に新宿を出発して、郊外まで一時間程走り、利根川の支流である古利根に向かった。旅の始まりだ。平日なので、都心に向かう対向車線で混みあっている商用車や通勤の車を横目に、こちらは渋滞もなく快適に走った。社会人は、みんな仕事をしているところだが、自分達は気楽な旅ができる身分だ。卒業するまで、残された学生の特権も、あと僅かで終わってしまう。

四人がよく知っている古利根のブラックバス釣りポイントで少し楽しんだ。肩慣らしのようなものだったが、いつもとは違った楽しさがあった。今日は、釣りを終えたあと、家に帰る必要もない。これから当分の間、自由で楽しい時間が続くのだ。

馴染みの釣具屋に寄って、これから始まる旅で使うルアーやワームと呼ばれる気に入った疑似餌を買い揃えたり、リサイクルショップを回って、キャンプに必要な品々を物色し、次々とワゴン車に積み込んでいった。中古品といえども、値段はさまざまで、なるべく安価で程度の良いものを選ぼうと何軒も回った。

森は、自分が気に入った珈琲ミルを買う事にこだわった。だが、中古品でも結構いい値段だった。旅で迎える毎日を、野外での朝の珈琲で始めるのは悪くないし、どうせなら挽きたてで、香り高く旨いのが飲みたい。という事で四人の意見は一致し、旅が終わったら売り払う事にして、森が選んだものを奮発して購入することにした。

大人四人がなんとか寝られる中古のテントが、意外と安く売られていた。有名メーカーの品物だったが、破れてテープで補修したところが何カ所もあり、長く使う人には敬遠されるだろうとの事での価格設定かも知れない。卒業旅行が終われば、少し寂しいが、もうこの四人用のテントは必要なくなる。だからこれで十分だった。もしも、しっかりしたものを、ひと月以上も借りるとするとレンタル料金はかなり高くなる。という事で、これも手に入れた。

旅行資金は潤沢にあるわけではないから、ざっくりと予算を立てて、節約しつつの遣り繰りが必要だった。そのあたりの算盤勘定は、聡の役割となっていた。

食費を除けば、レンタカー代金とガソリン代が、予算の中では大きかったが、聡が一カ月料金での値引きを交渉し、古いタイプで過走行のワゴン車を格安で借りる事ができた。

郊外に店舗を展開している激安スーパーで、袋麺や乾きもの、発泡酒や一升瓶ワインなども大量に買い込んだ。

そうやって、四人で旅の準備をしていることだけでも既に楽しかった。きっと生涯想い出に残る、親友との卒業旅行になるはずだ。期待に胸が高鳴った。


聡の親友である三人は、同じ大学の仲間で、入学して半年ほどで知り合ったが、気の合う男達だった。森と池上は、ともに付属高校からの進学で、高校サッカー部の同期だった。

聡と並木は受験組で、高校時代、聡はサッカー、並木はテニスをやっていた。四人ともスポーツに勤しんできたが、大学ではアルバイトに明け暮れる生活だった。

聡は、バイト先である大学近くの喫茶店で並木と知り合い、客として来ていた森が池上を連れてきて以来、四人の交友関係が始まった。

聡は、冬はスキーや温泉に出掛け、夏にはキャンプ場を巡った。年間を通して、四人の共通の趣味となっていたブラックバス釣りを楽しんだ。全員初心者だったが、バイト先の先輩の誘いで始め、四人はすっかり虜になっていて、今回の旅のイベントのひとつともなっていた。

旅の詳細なプランというものは特になかったが、ひと月近くかけて、最後は九州の別府温泉まで行こうと話していた。

急ぐ旅ではなく、金もないので、もちろん高速道路などは使わず、ひたすら下道を行く。四人とも免許を持っていたので、交代で運転できるから負担感は少ない。

無理に一日の走行距離を伸ばす必要はないし、大型トラックなどが多い夜間の走行は、できるだけ避けて、移動は昼間だけにした。

夕方には早めにその晩落ち着く場所を探し、キャンプできるところでテントを張るか、道の駅に停めて車中で寝るか、その日の気分で気ままに決める事にしていた。

二日目以降、海水浴客や、夏だけサーファー達で渋滞する湘南あたりは避けて、内陸の中央道沿線を走った。

途中、相模湖でテントを張り、翌日は南下して山中湖から芦ノ湖へと渡り、富士山麓で露天風呂にも立ち寄った。公共の施設だから入浴料も安く済んだ。暫く風呂に入っていなかったので、至極の入浴だった。

並木は、買ったばかりでお気に入りのルアーを温泉に持ち込んでいて、湯船で泳がせては、リアルな動きを自慢するのだ。並木は、四人のうち唯一理科系の工学部で、卒業論文は、流体力学に関するテーマだと言っている。水中でのルアーの動きに関係する要素でもあるのかも知れないが、聡達には、子供じみたことをする奴だとしか思えなかった。

沼津で東海道に出て、海に沿って国道一号線を進んだ。焼津では、名産品である鯵の干物を仕入れて、キャンプ場に持ち込んだ。陽が落ちた頃、薪を集めてきて焼いた。干物から出た油が、真っ赤に燃えた薪の中に垂れると、パチパチと乾いた音とともに、火の粉が飛び散り、香ばしい匂いが周囲に漂う。これが何とも言えず四人の食欲をそそった。

全国各地を旅すると、その土地の旨いもんが食えるのが楽しみでもあった。もちろん、高級食材などには手が出ないのは言うまでもない。貧乏学生の身の丈にあった美味を探すだけの事だった。

さらに西へ向かう旅の途中、滋賀県大津市に立ち寄った。そこは聡が中学時代に住み慣れた土地で、琵琶湖を臨む風光明媚な観光地にもなっていた。

琵琶湖周辺には、四季折々の美しい場所が点在している。琵琶湖は、朝夕季節ごとに表情を変える本当に美しい湖である。琵琶湖の南岸に位置するのが大津市で、湖西と湖東と湖北と、湖を臨む地域によっても、それぞれ雰囲気が異なるのだ。

明るく賑やかな大津市から、西側を北上する湖西方面は、マリーナやスキー場などがある場所だ。京都との県境にあたる比叡山麓を左手に観ながら進むことになる。

東側を北上すると、彦根あたりまでは平野が広がる。そこから先、長浜から琵琶湖北端にかけて進むと、この地を舞台として戦国時代に生きた、群雄割拠の面々を想像したくなるような想いが湧きあがってくる。

国内に桜の名所は多いが、三井寺の疎水を覆いつくす桜は、日本でも有数の美観だと思う。京都観光に訪れる人は多いが、滋賀にも、見どころは多い。国宝や重要文化財なども数多く存在するのだ。


加藤一家は、父親が仕事を請け負っていた会社の事業の関係で、暫くの間、家族でこの地に居住歴があり、聡は転校を経験した。社交的な聡は、移り住む土地で友達を作るのに苦労する事はなかった。小学生から続けていたサッカーでは、俊足左ウイングとしてチームに貢献していて、新しい学校でも直ぐにチームメートと馴染み、友達の数は多かった。

8月7日、聡はその卒業旅行で立ち寄った琵琶湖で、当時の旧友らを訪ねるということからレンタカーを下車して、三人とは一旦別れることにした。大津市中心部に向かう途中にある琵琶湖線の瀬田駅前で、聡は三人のワゴン車を見送った。三人は、そのままキャンプ場のある、さらに西の方向へと向かって走って行った。

土地勘がある聡は、当時とは少し変わった駅前の風景を見ながら、琵琶湖岸の方へ歩いて行った。何か聡が住んでいた頃より、随分と賑やかになったような気がした。

湖岸に沿って伸びている遊歩道の周辺もすっかり綺麗に整備されていて、オリーブ色の小洒落たベンチが沢山並んでいる。日傘を片手に、犬を連れて散歩している人がいたりして、のどかな雰囲気だ。

街中に戻って、当時お世話になった山田スポーツに寄ってみようと思った。場所は変わらず直ぐに見つかったが、今日は定休日だった。当時聡が所属していた中学サッカー部の歴代ユニフォームは山田スポーツで作ってもらっていた。ボールやスパイク、練習着なども、いつもこの店で購入していた。

聡は、スパイクにこだわりがあり、自身の俊足を活かせるカンガルー革の軽いタイプのものを好んだが、それは普通のものより高かった。物欲が強い訳ではなかったが、スパイクだけは親に頼み込んでいいものを買ってもらった。母親は、サッカースパイクの相場など知らないから、そのぐらいはするものだと思っていたはずだ。

サッカーボールは本革製で、結構な値段だったが消耗品だ。聡の中学では、常時二十球以上のボールを使っていた。長く使っていると革が伸びて膨らみ、歪な形になってしまう。そうやって古いボールが使えなくなると、まずは新しいボールを購入し、それは試合球として練習には使わずに取っておく。試合球だったボールを練習用に下ろすといった事を繰り返すのだ。

公式戦では、対戦チームが試合球をそれぞれひとつ主審に渡し、どちらかを主審が選ぶ。古いボールだと、ちょっとみっともないのだ。

貴重品であるボールの手入れは下級生の役目だった。練習が終わると全てのボールの空気を、ある程度まで抜いて保管する。そうする事で革は伸びずに寿命が延びる。練習が始まる前に、全てのボールに空気を入れる。これを毎日やるわけだ。

ボールの汚れをとるための専用クリームのようなものが市販されているのだが、これを使うと革の伸びが早まる。ボールメーカーの思う壺かも知れない。なので、練習が終わると、空気を抜く前にまずボールを古いタオルでよく磨く。使うのは唾液だ。通称『唾磨き』という。これをやると、革は伸びないし、ボールがテカテカになる。毎日繰り返していると黒光りしてくるのだ。強いチームのボールは、だいたい黒光りしているものだった。

一年生達は、ひとり何個も、この『唾磨き』をしていると、段々と唾が出せなくなってくる。そうすると女子マネージャーが、キャンディーを配ってくれる。

そのキャンディーは大抵『いちごミルク』だ。部員にとって、『いちごミルク』は、卒業後も昔懐かしい唾磨きの味なのだ。

三

聡を降ろした三人は、計画していた琵琶湖でのブラックバス釣りを楽しむため、琵琶湖畔のキャンプ場近くのポイントで過ごした。初めての琵琶湖での釣果は予想以上だったから、三人にとってご機嫌な一日だった。明日、聡が戻ったら自慢してやろうとほくそ笑んでいた。

8月8日、琵琶湖花火大会の当日、キャンプ場に戻って四人で観るはずだったが、聡は戻ってこなかった。

「森、いくら何でも連絡ないのはどうかしてるぞ」池上が言った。

並木が聡の携帯に電話しても繋がらない。既に花火は上がり始めていて、地響きのような音がキャンプ場にも響き渡っている。

「全く、あいつ何やってんだ」

連絡も寄こさない身勝手な聡の行動を叱責する気持ちから、森がそう言った。だが、聡の性格を三人はよく知っていた。こういう時に、連絡なしに約束を破るような事は考えにくかった。

初めての土地、暗闇に光る閃光、日常にない爆音、肌に滲んでくる汗、三人は徐々に何か嫌な予感に包まれていった。


滋賀県警には、琵琶湖での水難事故の連絡がたびたび入る。湖の北のはずれにあり春には桜の名所となる海津大崎での溺死事故や、西大津あたりでは反社勢力関係事件の溺死体があがる事もある。

「東京から友達同士で旅行中の学生さんなんだね。もし捜索願を出すなら、ご両親から最寄りの警察署に行ってもらう事になるねぇ。住所は東京だから警視庁の所管だよ」

慣れているからなのか、そんなに深刻な感じではない応対だ。行方不明者の届け出は、全国で年間八万件を超え、毎日二百人以上が行方不明になっていることになる。中でも、警視庁管内での二十代の不明者届が最も多かった。

大津警察署には、花火大会の警戒で出払っているのか、警官も少ない。毎年の事だが、花火大会の日は警備に加えて、喧嘩や交通事故が多発して、警察も忙しくなるのだ。

「昨日の朝、別れてから連絡が取れないんです」

携帯の微弱電波の位置情報から所在を特定する事ができるはずだが、それよりも警察に相談する事を三人は選んだ。

「大津署でも情報収集してみるので、何かわかったら連絡します」

警官はそう言って、あまり心配しないようにと言わんばかりの表情だった。

三人は、キャンプ場から一旦引き揚げ、警察署に近い簡易旅館を紹介してもらい、そこに宿泊して、明朝の連絡を待った。

花火を観ながら四人で飲むはずだったクーラーボックスの発泡酒が、今日はまだ沢山残っていた。

花火の音はもうしなくなっている。久しぶりの宿での宿泊だった。六畳ほどの和室に、布団が三組敷かれていた。エアコンは弱く、清潔だがしっかりと糊を利かせたシーツと枕カバーが逆に硬すぎて寝苦しく、なかなか寝付けなかった。

森、池上、並木の三人は、聡の消息を案じながら一夜を明かした。たとえ、多少大袈裟な事になったとしても、こういう時は、ただ警察を頼りにするしかなかった。ましてや、三人には全く土地勘のないところである。


翌朝、森の携帯が鳴った。

「大津警察署です。これから署の方に来ることはできますか？」

夕べの警察官とは別の声だった。

「すぐ行きます。見つかったのですね？」

「来られてからお話しします」

三人は、急いで旅館を出て大津警察署へ走った。

受付で事情を話すと、二階の刑事課を案内された。昨日とは違い、署内には多くの警官が忙しそうに動き回っていて、ごった返している雰囲気だった。若い警察官が三人を見て出てきて、会議室のようなところに通された。

「加藤さんのバッグはこれですかね？」

オロビアンコの紺色のショルダーバッグが水を含んで変色していた。一目見ただけで湖から見つかった事が想像できた。

「そうです。この携帯電話も彼のものです」

いったいどういう事情で聡のバッグがここにあるのか、三人は身を固くして、若い警官の次の言葉を待った。並木は既に泣きそうになっている。

「瀬田の唐橋という琵琶湖の南端に流れ着いたこのバッグが今朝見つかりました。携帯電話の電源は入ったまま、電池切れになっていましたが、教えてもらった番号から所在を特定して発見されました」

三人は絶句した。バッグが琵琶湖から見つかったという事は、聡も湖に落ちてしまったのか。それともバッグだけが落ちて、聡は無事なのか。

「事故か事件かまだ分かりませんが、水難事故の場合は、何日かしないと発見されないのが通常なんです」

並木が泣き出した。そんな説明は聞きたくないと呟いていた。

「バッグはファスナーの部分が開いていて、携帯以外のものはほとんど残っていませんでした。流れ着く間に中身はこぼれ落ちて沈んでしまったと思われます。携帯のデータは、こちらで鑑識に回して調べる事になるかも知れません。東京のご両親には先程連絡しました」

四

友人三人が、琵琶湖でブラックバス釣りを楽しんでいるその頃、レンタカーを降りて別行動を取った加藤聡は、旧友の田辺達郎と会っていた。

「田辺、何年ぶりだ？　もう就職決まったんだろう？」

田辺達郎は、中学時代、聡と同じサッカーチームで、聡の対面となる右のサイドバックだった親友だ。地元で草津市役所に就職が決まっているらしい。姉の道子は看護師で、不真面目な田辺とは違い学校の成績も良かった。

「加藤は大手証券会社に就職も決まって卒業旅行か。羨ましいなぁ。俺なんて、いつも姉ちゃんと比べられてな。でも何とか公務員になれるから親も煩く言わなくなったよ」

田辺から、『加藤』と姓で呼ばれたことに、やや他人行儀な感じがして嫌だった。離れていた時間の経過がそうさせたのか。

聡は自分が最初に『達郎』と呼ばずに『田辺』と呼んでいた事を思い出し、内心苦笑していた。

「姉ちゃんは今日はおらんのか？」

聡の口調は、当時の口調に変わっていた。

「今日は夜勤だって言っとった。お前の話はたまにするよ」

達郎の口調も、昔の口調に戻っていた。相手の態度を変えるには、自分の態度を変えることだという話を何処かで聞いた気がしていた。

大津に在住していた、まだ中学生の頃、聡はよく田辺の家に遊びに行っていて、道子とも親しかった。田辺と道子と聡は、三人で夏祭りに出掛けたことがあった。

道子が急に酷い腹痛を起こして、露店で食べたものがいけなかったのかと思い、慌てて二人で市民病院まで連れていったら虫垂炎だった事があった。道子は今そこの整形外科病棟で働いているらしい。


田辺のように、幼少期からずっと地元で育ったような人は、近所に幼なじみも多く、いつだって会えるのだろう。聡のように、一時期だけその地で暮らしたことがあるだけの者にとっては、そういう環境が羨ましいところがあった。

ただ、逆に普段は気軽に会えないというそのことが、何年ぶりかで会えた時の懐かしさを、より強いものにしているところはある。

親友との久しぶりの再会では、離れていた間、お互いは知らない、それぞれが辿って来た道を、相互に報告し合うことから始まるものだろう。等身大の自分を語っているつもりでも、少し背伸びしてみたり、やや大袈裟に話を盛ったりする者もいる。そして、お互いの成長や、変わった部分と変わらない部分を感じたりもする。そうすることが、自身の歩んできた道を振り返る機会にもなっているのだ。普段は、あまりそういう事をあらためて考える機会は少ないものだった。

いずれにせよ、旧友との再会というのは、何か、活力や元気をもらえるような事が多いのではないかと思う。

田辺と別れて、聡が向かったのは、よく練習の帰りに寄った喫茶店『白鳥』だった。サッカー部の顧問の田渕先生の実家で、この機会に挨拶に行こうと思った。

中学当時は、ゲームが流行っていたが、中学生がゲームセンターに行くと生活指導の先生に注意されるので、『白鳥』にあったゲーム機でよく遊んだ。

田渕先生は、サッカーと学習成績にはとても煩かったのとは裏腹に、そのあたりは寛容だった。

「湖城が丘学園中のサッカー部でお世話になった加藤です。先生はお出掛けですか？」

店内は昔のままで懐かしい。県大会準優勝の時の写真が今も飾ってあった。聡も田辺も、同じくチームメートだった鈴木も生意気そうな顔で、腕組みをして写っている。

「あら懐かしい！　昨日から夏合宿に行ってるのよ。聡君に会えたら喜んだと思うわ。残念ねぇ」

先生の奥さんは、もちろん聡の事をよく覚えてくれていた。このあと、写真に写る鈴木純一を訪ねると話すと、随分前に鈴木が来た時に残していったという忘れ物を預かって辞去した。

些細なことでも役に立てるのが何か嬉しい。当時のメンバーが今でも先生を慕って『白鳥』に来ることがあるのを知り、ちょっと羨ましい気分にもなった。


鈴木の家があるのは、湖西線の坂本から山側に向かう坂の途中で、聡は何度も訪ねたことがある場所だ。『白鳥』から歩いて琵琶湖線の駅まで行き、湖西線に乗り換える。土地勘がある聡には、地図など見る必要もなかった。

移動する電車の中では、関西弁で話す人達の何気ない会話が、聡の懐かしさを掻き立てた。同じ関西弁といっても、地域によって、それは微妙に違う。大学では、全国さまざまな地方から学生が集まってきていて、それぞれのお国の言葉を耳にすることも増えた。

中部地方に属し、愛知と隣接するにもかかわらず、三重県では、ほぼ関西弁が話されている事を初めて知ったのも大学に入ってからだった。その辺の歴史的な知識が乏しい聡には新鮮だった。そんな中、聡は、何故だか九州地方の方言が好きだった。無骨で飾り気のない感じが耳に心地よい気がした。福岡弁もいいし、もう少し南部の熊本弁もいい。

坂本の駅を降りると、琵琶湖とは反対側の山側に向かい、鈴木純一の姿を思い起こしながら、懐かしい坂道を歩いて行った。

聡のチームメートだった鈴木純一は、湖城が丘学園中サッカー部ではセンターフォワードで、個人技で相手守備陣を突破して貪欲にゴールを狙う典型的なストライカーだった。B型の鈴木純一と、O型の田辺達郎、A型で主将の加藤聡は、それぞれの個性を上手く融合させて、地元では最強チームの三羽烏と言われていた。

鈴木純一の父親は、貿易関係の商売を営んでいた。中国からお茶や工芸品などを仕入れて国内に卸す。

元々は滋賀県南部の山中にある信楽の窯元の出だが、若い頃に両親を亡くして家業は継がず、親戚との付き合いも途絶えていた。

山梨県から嫁いできた先妻との間に一人っ子の純一をもうけていたが、信楽を出て比叡山の麓にあたる大津市内の坂本に移り住んだ。

純一が中学二年の時、癌に侵された妻と死別した。その後、取引の関係で知り合った中国人の妻と再婚していた。後妻と純一との関係はとても良かった。

その純一の継母は、市内でスナックを出していた。中国人の女の子を使い、店内には純一の父親が仕入れてきた巨大な兵馬俑の等身大レプリカがあり、それも話題になったりして、開店した頃はそこそこ人気があった。

純一が大学二年の頃、店にアルバイトに来ていた中国人の女の子の不法就労が判明し、店の経営者である継母は入国管理局に拘束され、その一カ月後には強制送還されてしまった。同業者からのタレコミと言われていて、アルバイト採用時点から既に騙されていたのではないかと街では噂されていた。

こうして、純一は、二人目の母とも別れることになってしまった。

鈴木一家に訪れた不幸はそれだけでは終わらなかった。

父親の商売で運転資金に窮し、多額の負債を抱えていた。国へ帰った母親の負債もあり、以前とは全く異なる耐乏生活を強いられていた。

そんな経済状況から、純一も通っていた大学を夜間学部に変更し、地元の旅行会社に中途入社して、日中は仕事をもちながら、夜間通学を続けていた。

加藤聡が『白鳥』を訪ねていたその頃、顧問の田渕先生率いる湖城が丘学園中サッカー部は、マイクロバスをチャーターし、夏合宿で大阪に来ていた。

田渕先生と大学時代同じチームでプレーしていた同期が、数年前から運営を任されている合宿施設だ。そんな関係から、近年は、毎年この時期に利用させてもらっていた。

吹田市と豊中市にまたがる広大な敷地に、何面ものサッカーコートがある。大阪万博の会場だったところもほど近く、名神高速の吹田インターチェンジから広い道路が整備されている。

田渕は、長年この学園中サッカー部の生徒達を見てきた。実力的にもそうだが、加藤聡が主将を務めていた年のチームは、田渕にとっても自慢のチームで、歴代メンバーの中でも一段階抜けた存在感があった。

それは、聡の性格や人柄の影響が大きかったと田渕は思っていた。聡は、個人技は個々が努力して磨くべきだと言い、それを率先して実行していた。だが、チームの総合力は、個人技に依存するものではない点もよく理解していた。

聡の同期は十五人いたが、全員が一枚岩であるような雰囲気があった。レギュラーやサブの区別なく、マネージャーも含めて、お互いをリスペクトする気持ちが強かった。

聡は、その日に一番活躍したメンバーより先に、一番苦戦したり元気がなかったメンバーに対して、必ず最初に声をかけていた。

また、どんなに劣勢の試合でも、

「絶対に最後まで諦めるな」

が口癖だった。それで、大逆転という結果に結びついた公式戦もあった。一度そういう事を経験すると、聡の口癖にも自然と説得力が備わり、チームのスピリットとして浸透していった。他府県チームとの交流戦でも、湖城が丘学園中のしぶとさは有名だった。

そして、人の気持ちに入り込んだり、時には厳しく、時には温かく、メンバー自身から自発的なやる気を自然に引き出すようなマネジメントの感覚を備えていた。

そんな中学生離れしたところがある一方で、忘れ物やポカもたまにはあった。そんな時は、照れながら全員の前で正座して謝罪するのだ。そうすると、鈴木純一や田辺達郎から、必ずいじられる。人間的にも魅力をもった、みんなに愛される存在だった。

五

琵琶湖花火大会の翌朝、田辺達郎の姉で、市民病院に看護師として勤務する道子は、夜勤明けの先輩看護師と、朝の引継ぎをしていた。

道子が所属する整形外科は、交通事故による負傷者が多く、救急指定の市民病院には毎晩夜中でも数人の患者が救急搬送されてくる。怪我による負傷者の診療科は、外科系で整形や脳外が大半となる。

看護師の朝の引継ぎは、駅伝でいうところの、中継地点でのタスキの受け渡しのような行為だ。夜通し緊張感を持続して勤務してきた先輩と、出勤したてのフレッシュな道子は、疲労度も違うし、体内時計も違う。先輩はちょっと眠い。道子は元気で眠くない。

決められた引継ぎ業務は、先輩にとってはその日の最後の仕事で、道子にとっては最初の仕事だ。先輩は疲れていて、テンションはホントは低い。道子は高い。いわば二人の異なるテンションが混ざり合った時間だ。先輩が頑張ってテンションを上げ、道子が少しテンションを抑えると、ふたりは釣り合う。

「田辺さん、夕べは花火観に行ったかしら？　今年もすごい人出だったみたいよね！」

先輩は、テンションを上げて、元気そうに笑顔でそう言った。

琵琶湖花火大会は、毎年8月8日と決まっていて、見晴らしの良いホテルの部屋には一年前から予約が入る。関西地区に限らず、遠くから毎年観に来るファンも多いと聞く。

「うちから近いので、今年も歩いて琵琶湖大橋の辺りまで出掛けて行って、少し観てきました！　凄い人でしたよ！　それにしても、８日の夜勤は毎年忙しいですものね。お疲れさまでした先輩！　ゆっくりお休み下さい！」

この日も、先輩がテンションを上げ、道子のテンションに合わせていた。道子のテンションはいつもと同じで容赦なく高いままだ。だから先輩が合わせた。流石先輩だ。

花火大会の日は、県外からの人や車の流入も多いせいか、喧嘩や事故などが多く、当直はだいたい忙しいのだ。

「今年は救急で10人よ。そのうち一人が重傷でＩＣＵ。脳外の患者さんなんだけど、急性硬膜下血腫で危なかったものの、今朝は落ち着いたみたいよ」

道子は記録を受け取ると、急いで持ち場へ向かっていった。今日も長い勤務が始まる。

田辺道子の住む堅田は、湖の西側に位置する街だ。紅葉が終わる頃ともなると、琵琶湖周辺はぐっと寒さが増してくる。湖西から京都方面へ山越えで抜けるあたりの山々は既に色づきが消え、吹き下ろす風も強い。

この辺りは福井に近い位置なので、東海道沿線とはいえ、日本海側の気候に似ており、低い雲に覆われてどんよりと曇った日が多い。

だが、この日は珍しく燦燦と太陽が照り付け、明るい日差しがあり、心なしか何かいい事でもありそうな気分も晴れやかな日だった。道子は他人に奉仕するのが好きな性格で、それが看護師になった動機にもなっていた。

道子は、堅田から市民病院までバスで通勤していた。乗る直前にバス停に落ちている定期入れを見つけた。一瞬考えたが、拾って運転手に渡す事にして乗り込んだ。定期には比良~堅田の文字と、女性の名前と年齢が印字されていた。おそらく比良から乗って、堅田バス停で降りた後落としたのだと想像できる。

たかが定期券一枚でも、氏名と年齢までわかってしまうということだ。ある意味少し怖いことだと思った。本人は、帰路につくまで落とした事に気が付かないかも知れない。運転手に渡すと、お礼とあとはバス会社で対処する事を告げられた。道子は何か人の役に立ったことで少し満足していた。

今日の清々しい天気はこの善行の伏線だったのかなどと勝手なことを考えたりしていた。

この日、道子は脳神経外科の病棟にヘルプで来ていた。この市民病院ではそういう事はあまりないが、今日は出勤看護師が少なく師長から指示があった。四人部屋の一番奥のベッドに、男性患者がいた。記録によると家族と連絡がとれていない患者らしい。

「気分はどうですか?」

患者は、頭部と顔面に包帯を巻いていて表情はわからない。目が虚ろだ。返事はないが、軽くうなずいた。

六

聡がいなくなった花火大会の日から、季節は一巡していた。間もなく一年が経つが、聡が見つかることはなかった。

矢沢は、静岡県にある富士霊園に来ていた。富士山の裾野に位置する巨大な公園墓地で、駐車場には東京や神奈川ナンバーの車が多数目についた。東名高速の御殿場インターチェンジから遠くなく、都心からのアクセスもいい。

ここには、矢沢が尊敬していた先輩の墓がある。先輩は、大阪勤務時代の上司で随分と鍛えられた。仕事のやり方や組織のマネジメントなどを教わった。だが、矢沢はそういう事より、男としての振る舞いや、人を惹きつける魅力のようなものを学んだと感じていた。

先輩の座右の銘は『百術は一誠に如かず』で、矢沢もそれを自分の信念として心に留めてきた。酒席やゴルフで同行することも多かった。

人が腹の内に秘め隠しているような、飾る意識や傲慢さ、臆病や弱さなどを見抜いて、一瞬で斬りこんでくるようなところがあった。

だが、それは人を傷つけるようなものではなく、本音でぶつかる事の尊さを自然に感じさせてくれるものだった。懐深く優しい人だった。

事故で亡くなる7日前の夜、先輩がたまたま出張で来阪し、北新地の上通りにある矢沢行きつけのスナックで飲んだ。先輩は、飲み切っていないボトルとは別に、新しいボトルを一本入れてくれた。ママは喜んで先輩にペンを差し出した。先輩は、プレートに矢沢の名前を書こうとして一旦手を止め、『陽介』と書いて笑った。先輩の名は矢沢と同じ『陽介』だった。矢沢は、先輩のそういう粋なところも好きだった。

その日から暫くして、矢沢はママに、前回来たあの日の一週間後に先輩が事故で亡くなったと話すと、ママは衝撃を受けていた。矢沢がいずれ東京に転勤で戻ってしまった後も、ずっと、その『陽介』のプレートをかけたボトルを無期限でキープしておくと言った。

墓参りは、ほぼ年に一度は続けていた。一年間に起きた出来事を知らせたり、その時の自分の心持を吐露したり。珈琲と煙草を供え、墓前でひととき語り合った。

従弟の聡がいなくなった事も話した。一度、聡と一緒にここへ来た事もあった。近くのアウトレットモールに来た時に、先輩との関係や人柄を話すと、聡も是非寄ってお参りしたいと言い出したので連れてきたのだ。

聡がいなくなったことについて、警察では事件性は低いと判断したようで、失踪のような扱いのままだった。

琵琶湖での水難事故の場合、遺体が湖底に沈んだままの事はなく、数日から数週間で、湖岸の何処かに流れ着くのだという。そういう事からすると、聡は何処かでまだ生きているという事になる。先輩の墓前で、神妙に手を合わせていた聡の後ろ姿が脳裏に浮かんだ。故人を敬う聡の人柄が、矢沢自身と重なっている気がした。


翌週の金曜日、矢沢は午後から休暇を取って琵琶湖に来ていた。週明けの月曜日に、大阪で会議があるため、準備を早めて急遽時間を作り土日含めて二日半、聡の行方を追う手掛かりを見つけようと思い立った。明日がちょうど、聡がいなくなって丸一年後の琵琶湖花火大会の日である。

去年の花火大会の日とは違い、今年は曇り空の下での開催だった。東京で、事前にいくつかの情報を集めてきたが、たとえ現地まで来たとしても、手掛かりに繋がる何かを得る自信はなかった。

しかし、聡が引き合わせた偶然の出来事が、矢沢を現地に向かわせ、行動する事へと駆り立てたのだった。

偶然の出来事というのは、いつも突然起こるものだ。矢沢は、ＪＲ御茶ノ水駅で下車し、神田駿河台大学に向かっていた。

四月の定期人事異動で、矢沢は本社に戻り、人事部で新卒者の採用担当の仕事をしていて、同大学の在学生向け就職説明会の打ち合わせに来ていた。担当の大学ではなかったのだが、今日は代理で訪問することになった。

駅から、靖国通りに向かって緩い坂道を下りていくと、歩道を多くの学生が行き交っている。この辺りには楽器店が多い。

駿河台下の交差点まで下りると、神保町に向かって多くの古本屋がある。矢沢も若い頃には、何度も訪れた街だった。

伝統ある大学だが、いくつもに分かれた校舎は、ほとんどが新しいビルになっていた。隔離された敷地ではなく、街全体がこの大学のキャンパスになっている。就職課は、本館高層ビルの二階にあった。名乗ると直ぐに窓口担当者が小走りに出てきてくれた。随分と若い担当者だった。

「私、今年初めて説明会を担当するもので新米ですが、今日はよろしくお願いします」と言って名刺を出してきた。

営業時代の利害が絡む一般企業との交渉とは違って、相手が大学の就職課となると、特に重圧感もない雰囲気での気楽な打ち合わせだった。担当者は、自分は新米などと、隠すこともなく、にこやかに話をする明るい印象の好青年だった。

「新米とおっしゃいましたが、今年入社なのですか」

「そうなんです。商学部卒で、四月入社です。私自身は就職活動もあまりしなかったものですから、全く経験不足ではありますけど。まだ社会人としてスタートしたばかりです。よろしくご指導下さい！」

どこまでも明るく正直だ。ということは、聡と同じ歳ということなのか。

「私の従弟が、やはりこちらの大学の卒業生でして。同級生になるのですね」

「へぇ〜。そうでしたか。就職は上手く決まったんでしょうね」

あまり個人的な事を話すのは差し障りがあると思い一旦躊躇したが、矢沢は話さずにはいられなかった。

「赤坂証券から内定をもらっていたようです」

思わず含みを持たせるような言い方をしていた。内定はもらったものの、入社前にいなくなってしまったのだ。

明るかった担当者の表情が、見るからに変化したのはその時だった。少し考えていたが、自分を落ち着かせるように一呼吸おいて、矢沢を覗き込むように顔を近づけてきて言った。

「あの、もしかしたら、従弟さんというのは、加藤君ですか？」

矢沢は、驚きと同時に、話してみて良かったという気持ちとが交錯し、酷く高揚した。

「僕、加藤君と一緒に、卒業旅行で琵琶湖に行っていた、同期の森です！」

何という奇遇だろうか。

矢沢は、今日この大学に代理でたまたま来たのだ。もしも代理で来なければ、この出会いはなかった。もしも入社年を聞かなければ。もしも内定と言わなければ。もしも赤坂証券と言わなければ。世の中のさまざまな繋がりとは、岐路の積み重ねが生み出すものなのだろうと痛感した。

聡と卒業旅行に出掛けた友達三人は、既に就職先でそれぞれの仕事についていた。友達三人にとって、卒業旅行での聡の失踪は、学生時代最後に訪れた苦い思い出なのだ。決して忘れる事はない。今も、家族が捜していると聞いていた。

矢沢は、その一人と今、対面している。この全くの偶然は、聡が導いてくれたとしか考えられなかった。この対面を契機として、今年の花火大会の時期に現地に赴くと決め、そのための情報を森から得ることができるのがありがたかった。

捜索は何も進んでいないのに、何故だか少し進展したような錯覚を抱いた。二人は連絡先を交換した。

七

叔父の加藤が経営する運送会社は、今期決算から赤字へ転落する見込みだった。二年前から物資輸送の他に始めた個人向け引越事業が軌道にのらず、金利負担や原油価格高騰で燃料費上昇によるコスト高が吸収しきれず、逆にトラック台数を減らすなど、苦しい中での遣り繰りとなっていた。

バブルの当時は相当儲けていたようだ。福利厚生費で会員制倶楽部に何口も加入し、毎年社員や家族を海外旅行に連れて行っては、親戚にはブランド品などをお土産に配っていた。矢沢の父親が好きなコナコーヒーの豆を大きな麻袋で買ってきてくれたりしたのを覚えている。かなり高価なものだったようだ。

会社の経理は叔母が仕切っていて、税務署に見つからないようにと、台所の床下に数千万の現金を隠していたなどと聞いたこともあった。幼い聡には、床下では美味しいぬか漬けを作っていて、空気に触れると傷むから、絶対に開けてはダメだと言っていたらしい。その元気だった叔母が、会社の仕事から離れて、最近は引きこもりがちだという。叔父の加藤と矢沢の父親は、義理の兄弟の関係で歳は一回り以上違うが、なかなかウマが合ったようだ。会社経営のことなど、矢沢の家によく相談に来たりしていた。

矢沢の父親が他界してからは、相談相手もいなくなった。本来なら、聡が外で修業したあと、会社を継がせるつもりだったのかも知れない。

今まで順風満帆だったと言える加藤一家に、ここ数年、何か潮目の変化が起きているような気がした。聡の失踪という突然の出来事が大きな影を落としていた。

当時、大津警察署からの突然の連絡で、息子の失踪と所持品の発見、それまでの経過を知る事となった。

翌週、加藤自身が大津警察署へ赴き、詳細な説明を受け、聡の所持品も受け取った。加藤も大津には居住歴があるから土地勘もあった。瀬田の唐橋、キャンプ場にも立ち寄ったが何もできる事はなかった。愛しさは募り、ただただ聡の無事だけを祈った。

加藤の携帯が鳴った。大津に行っている矢沢からの電話だった。

「叔父貴、俺は今大津に来ているんだ。聡が通っていた学校は、湖城が丘学園中学だったよね？　ちょっと訪ねてみようと思うんだけど」

「ああ、陽介、そうだ。すまないね。学校は、国道から見て日産ディーラーの裏側にある高台だ。あいつは一年生の二学期から転校して、二年半ぐらい通っていた」

聡が大津に在住していた当時の交友関係を調べ、親しくしていた人物を見つけて接触することが、失踪するまでの足取りを探る上で最初にやるべきことだろうと、矢沢は大津に入る前から決めていた。

当時、加藤一家が住んでいた借家の場所から、近所の人の情報を元に、聡の訪問先を辿るのは、おそらく遠回りになるだろうと思った。友人との交流の一番の舞台と言えば、やはり学校だと考えるべきだろう。

学校は、卒業生や教員達の想い出が染み付いたまま、それを毎年積み重ねて、そこにできた時から、ずっとその場所にあり続けているものなのではないか。

そして、学校には、設立以来の卒業生にかかわる個人情報が保管されているのだと思う。期限はともかく、保管義務を規定したような法律などもありそうだ。過去の繋がりを調べたら、学生時代の接点が判明したなどというのは、よく聞く話だ。

だから、学校に行けば、一年前に聡が訪ねた友人を知るヒントとなる情報を得られるかも知れない。そう思った。

それを、電話や手紙だけで調べることはまず無理だろう。矢沢が現地に出向くと決めたのは、そう感じたからだった。

矢沢は、学校までの道のりから、四時過ぎには何とか着けると思い、タクシーを走らせた。もう、遥か遠い記憶ではあるが、中学校で午後の授業が終わるのは、確か三時過ぎだったような気がした。

急いで到着すると、学校では既に授業は終わり、生徒達は下校した様子で、制服姿の生徒もまばらだった。ひとりに職員室の場所を尋ねて、足早に向かった。正門近くのテニスコートで部活動の生徒達が掛け声を出していた。

「こちらの卒業生の親戚の者なんですが、ちょっとお尋ねしたいことがありまして。矢沢と申します」

心配したとおり、時間が少し遅かったようで、放課後の職員室には数名の先生がいるだけだった。金曜日だから、明日と明後日、学校は休みだ。声をかけた先生はちょっと面倒そうな感じで、用件を聞いてきた。

東京から来たと言ったら、態度が変わって教頭先生を呼んでくれた。失踪者を捜している事、彼との関係、卒業年度などをかいつまんで伝えて協力を頼んだ。

村上教頭は、奥の部屋から、聡の卒業年度のアルバムや名簿などを出してきてくれた。三年三組に、初々しい聡の顔が載っていた。親しかったクラスメートを調べたいと要望すると、当時の担任を調べてくれた。

「井上先生、ちょっといいですか」

居残っていた先生の中に、たまたま当時の担任の先生がいたのだ。井上先生は、学期の途中から三組の担任になったとのことだが、聡の事はよく覚えていた。

「クラスメートで特に親しかった生徒さんにご記憶があれば教えていただけませんか」

井上先生は、少し考えてから、

「ああ、鈴木君ですよ。そう鈴木純一君。加藤君とはよく一緒にいましたよ。たぶん一番の親友だったはずだわ」

やった！　矢沢はぎりぎりのところで収穫を得た気分になった。聡の親友を知っている先生が、アポイントなしで訪れた職員室に、たまたまいたのだ。

矢沢は、自分の引きの強さを内心誇らしく思った。そして、畳み掛けるように鈴木君の住所を教えて欲しいと頼んだ。

すると、井上先生は、ちらっと村上教頭の顔を見たあと、

「個人情報なのでねぇ。まぁ事情が事情ですから、何かあったら責任取ってくれますね」

と言って渋々メモしてくれた。

気が変わらないうちに、丁重にお礼して職員室を出た。責任取るといってもどうやって取らせるつもりだろう。矢沢は苦笑しながらも急いで正門へ向かった。

学校のグラウンドでは、フェンス越しに、サッカー部が練習しているのが見えた。独特の掛け声が耳に残った。

八

翌日、聡がいなくなった花火大会からちょうど丸一年後の朝だった。今年は、雨上がりの花火大会となり、暑さも和らいでいた。

ホテルのロビーやレストランは、かなり混雑していた。花火大会の観覧が目的の観光客の影響で、今週末は満室だという。

矢沢は、学校で聞いた鈴木純一の自宅に向かっていた。ホテルから国道１６１号線を北に向かって、タクシーなら15分ほどだった。

運転手は、矢沢が東京から来たと答えると、聞きもしないのに大津の観光ＰＲのような話をずっとしていた。すぐ近くに日吉大社という有名な神社があると言う。純一と会えたら、その後どういう順序で話を進めようか思案していた矢沢には、お喋りな運転手が、ただ煩わしいだけだった。

国道から坂道を上って進んで行き、運転手は番地を確認しながら、手渡した住所の場所へと、ゆっくりとタクシーを走らせた。

「そこの、長屋みたいな建物が、この住所ですけどねぇ」

運転手は、東京から来たお客が、わざわざこんなところに何の用事があるのだろうと思ったようだ。矢沢は、帰りの足の事まで気が回らず、料金を精算してタクシーは帰した。学校で当時の担任から聞いてきた住所にあったのは、古い住宅兼店舗が三軒連なる長屋のような建物だった。

真ん中が鈴木の住所で、番地の表示はあるが、表札は出ていない。中を覗き込んだが人が住んでいる気配が全くなかった。学校に保管されている名簿にあった情報は、随分古いものだったということだろう。長屋の前で、暫く呆然と立ち尽くした。

矢沢の落胆ぶりは大きかった。親友と会うことさえできれば、そこから友人の繋がりを辿り、行き先を追うきっかけとなるはずだった。親友なら、聡が立ち寄らなかったはずはない。行方探しは、ここから始まるはずだったのだ。

長屋の西側は雑貨を扱った小さな店舗で、東側は表に材木が積まれていて木工か何かの店のようだったが、誰かいる様子はない。矢沢は、仕方なく雑貨屋に入り、そこの老婆に鈴木の家について尋ねた。

「鈴木さんは、もうだいぶ前に出て行ったよ」

老婆は素っ気ない。

「あんたも借金取りかい？」

老婆のその言葉を聞いて、鈴木がいなくなった事情が呑み込めた気がした。おそらく借金を苦に夜逃げでもしたのだろう。大家を聞き出そうと考えたが、大家はこの老婆自身だという。借金取りの取り立てから逃れるためなら、逃避先がわかるようなものは、全く残っていないはずだ。

老婆は、突然勝手に出て行った鈴木に対して、当然良い感情を持っていないようだった。ここで万事休すか。

矢沢は仕事の上でもなかなか諦めないタイプの男だった。入社以来、そうやって今まで成果を上げてきた。

成功するかしないかの分岐点は、99人が諦める壁の前まで行った時、後退するか、それを突き破る1人になるかどうかだと思っていた。

人が諦めるところにこそチャンスがある。そしてその最後の決め手となるのが、誠意・真実・真剣さ・打算のない本当の想いなのだ。

虎穴に入らずんば虎子を得ずというが、最近の社員には、虎穴に入るどころか虎穴の前までも行かずに、遠くからのぞいて戻ってくるような者が多いと思っていた。会社自体に、リスクや失敗を避ける風潮が強くなったせいかも知れない。

もっとも、諦めが悪い事が、ビジネスでは逆に判断を遅らせるなどマイナスに働く場合もある。だが、とことんやって、仮に結果がマイナスになったとしても、矢沢は後悔した事がなかった。

そういうところが、矢沢の持つ少し偏った価値観をよく表していた。自分勝手な性分ともいえた。


三軒長屋の周辺を、矢沢はそんな事を考えながら歩いていた。長屋のすぐそばの墓石工場から石を削るけたたましい機械音が耳を突いてくる。街中だとしたら間違いなく住民から苦情が来るぐらいの大きな音だ。

タクシーの運転手が言っていた、近くにあるという日吉大社まで足を延ばす気などとうに失せていた。そんなことをするためにここに来たわけではないのだ。

10分ほど坂を下って、国道に面した登り口まで戻る途中、国道から軽トラックが上ってきた。車体に水野石材店と書いてある。

一瞬立ち止まり、軽トラックの行方を凝視しながら束の間何か考えていたが、意を決するように、速足で来た道を戻っていた。矢沢に逸る気持ちを抑える気は起きなかった。ここでやり残した事がまだある気がしたのだ。長屋まで戻ると、墓石工場の前に、さっき見た水野石材店の軽トラックが停まっていた。

雑貨屋の方に目をやると、老婆が花を携えて、坂道を登っていく背中が見えた。老婆は墓参りに行くところだったのだ。

石材店から連想した矢沢の勘が当たった。

老婆に追いついて尋ねると、鈴木家の墓も、大家の墓と同じ、蓮光寺にあるのだと言う。矢沢は、同行したいと頼み、老婆の後を付いて行った。

九

浄土真宗大谷派の蓮光寺は、鈴木の長屋から坂道を登って10分余りのところにあった。決して遠くはないが、途中、石段が続き、老婆は休み休み歩いていた。矢沢の首筋にもうっすらと汗が滲んでいた。両側に民家や土蔵があり、木の枝がせりだした狭い路地を抜けると、山門が見えてきた。

墓地は、本堂の山側の敷地にあった。老婆が持ってきた花を手向けた墓石は、五十基は下らない墓石の中でも立派なものだった。鈴木家の質素な墓は、墓地最上部の端にあった。墓誌には、鈴木幸子という俗名と戒名、没年が彫られている。老婆に尋ねると、鈴木幸子は世帯主の妻で、病で亡くなったのだという。鈴木純一の母ということになる。縁のある方ではないが、線香をあげ合掌した。

矢沢は、老婆に案内のお礼を言った。老婆は、最初長屋の前で初めて会った時には、鈴木を捜しに来た借金取りだと思っていたようだが、鈴木家の墓前で神妙に手を合わせている矢沢の所作を見て、そういった怪しい輩ではなく、鈴木の息子を捜しに来たという矢沢の説明を信じるようになっていた。

そこには何か事情があるのだろうと思ったし、とても困っているように感じられ、助けてやれるものならそうしたいという感情が湧いた。だが、老婆とて鈴木の息子の居所を知っているわけではなく、残念だが役に立てることは何もなかった。

矢沢は老婆と別れ、本堂の方に向かった。

「御免ください」

住職と見受けられる方が出てきてくれた。

「水野さんのところの方かな？　見ないお顔ですが」

老婆がお参りした墓石には水野家とあった。あの近くの石材店は、たぶん親戚なのだろう。住職は、矢沢と老婆が、一緒にお参りしている様子を見ていたようだ。

「いえ。そうではないのですが、少しお話を伺いたい事がありまして」

住職は、矢沢の表情から、何か込み入った事情がありそうだと感じ取ったのか、中に招き入れてくれた。

矢沢が捜しているのは聡だ。聡を捜す手掛かりを得るために捜しているのが鈴木純一だ。純一の家には辿り着いたが、そこにはもう誰もいなかった。しかしその墓は残っていた。

墓がわかってそれが何なのだ。住職にいったい何を訊こうというのか。住職が鈴木の行き先を知っているはずはない。しかし、矢沢は迷うこともなく、住職からの情報を訊きだすことに意識を集中した。

矢沢は、情報や人脈の繋がりを探っては接点を拡げ、目的地まで漕ぎつけるようなスタイルで仕事をしてきた。

一見、無計画にも思えるが、行動して、情報の量が増えれば増えるほど、あらたな発見により、予想もしなかった方向性が見えてきて、活路が見出せる事があるのを経験的に知っていた。世の中は全て縁で繋がっている。

住職は、矢沢がそういう想いで自身に接触してきた事を感じ取ったのかも知れない。仏道を極めた方だ。包み込むような顔立ちをしている。体当たりでこの人にすがってみよう。そう思った。

矢沢は、今回の事を、順序立てて全て話した。住職は、矢沢の話を遮ることもなく、時おり頷きながらじっと聴いてくれていた。

一方、住職が知っている鈴木家の事を話してくれた。

鈴木は、信楽の出で、妻の幸子と息子の純一とともに、ここ坂本に移り住んで来たこと。

鈴木は、中国から物品を仕入れる貿易の仕事をしていたこと。

幸子は山梨の出だが、病で他界した後、鈴木がこの寺に墓を建てたこと。

幸子の葬儀には、病弱な山梨の両親は参列できず親戚もいない寂しいものだったこと。

だが、ひとり息子の同級生達が、学生服姿で何人も参列していたこと。

その後、鈴木は中国人の妻と再婚したこと。

その妻が、不法滞在の従業員を雇用したことで、強制送還されたこと。

鈴木は、借金地獄から逃れるために、突然夜逃げしていなくなっていたこと。

これら、鈴木家にかかわる情報に、矢沢は注意深く耳を傾けた。

そして、住職は最後に、こう言ったのだ。

「鈴木さんがいなくなってから随分経っていたが、ちょうど一年前の花火大会の日、鈴木家の墓前にお参りに来ていた人がいたんですよ。若い人でした。恐らく息子さんでしょう」

間もなくお盆の時期だという事もあり、花火大会の日に墓参する檀家は毎年少ないのだという。だから住職も覚えていた。今日も老婆と矢沢だけだという。確かに供花がある墓石は見当たらなかった。情報料のような感じになってしまったためやや躊躇したが、お布施として少し包んで渡した。住職は有難く頂戴しますと言って懐に収めた。

それが純一だとしたら、夜逃げした家に戻って母親の墓にお参りしたということになる。父親はそんな事を許したのだろうか。借金取りに見つかったら殺されるかも知れない。それほどまでに、亡き母への想いを抑えきれなかったということか。

なぜ単独で来たのだろうか。親子は別々のところに逃げたのか。純一だけは、まだこの近くにいるのだろうか。いや、それは考えにくい。遠くの街で暮らしていると考えるのが普通だろう。


石段を通り、坂道を下って歩いた。途中、水野石材店の近くまで来ると、茶髪の職人が作業を止めて携帯電話で話しながら、遠くから矢沢の方を見ていた。見かけない顔なので気になったのだろうか。

国道口まで下りてくると、京都ナンバーの黒い輸入車が停まっていた。中から男が二人降りてきて矢沢の方へ近づいてきた。小太りのサングラスをかけた男が言った。

「あんた、鈴木の知り合いか？」

間違いなく金融屋だろう。こういう輩には多くを語らない方がいい。

「知り合いではない」

男は威嚇するような仕草で、

「鈴木を捜しているんだけど、あんた、行き先知らないか？　黙ってるといいことないぜ」

「鈴木さんには会った事もない」

「じゃあ何で鈴木の家に行ったんだ？　ちょっと話したいから一緒に来てもらおうか」

矢沢は、黒い輸入車に乗せられた。

国道口から五分ほど走り、男らは琵琶湖畔の古びた小さな別荘のようなところの前で車を停めた。板張りの短い突堤が湖に向かって突き出していて、小型ボートが乗り降りできるようになっていた。

周囲には人が住んでいるような住宅ではなく、別荘や物置のような建物、区画整備された空き地などが、湖岸に沿って並んでいた。

「人から頼まれて、鈴木さんの息子に会いに来たんだ。だが、もうここには住んでいないとわかったから用はない」

終始、当たり障りのない返答でかわしていると、いきなり血の気の多い長身の男が手を出してきて、矢沢の胸ぐらを掴み、バッグをひったくろうとしたが、小太りの男が大きな声で「ブーヤオ」と言って止めた。

それまでの会話は全て小太りの男とだけだった。長身の男はたぶん中国人なのだろう。

男らは、それ以上の詰問は諦め、その場で矢沢を降ろして立ち去って行った。

矢沢が社会人になった頃はまだ暴対法もなく、暴力団関係者が普通に組の名刺を出してくるような世の中だった。仕事の上でもこういった危ない目にあったことも何度かあった。矢沢は、念のため車のナンバーを暗記して、手帳に記録しておいた。後々役に立つかも知れないと思った。

車というのは不動産登記などと同じで、所有者や使用者の住所や氏名が車検証上に記載され、譲渡されればその履歴もわかる。言ってみれば、それらを公道で晒しながら走っているようなものなのだ。

十

矢沢は、ホテルの部屋に戻り、今日あった出来事を一つひとつ思い返していた。

あの金融屋は、どうして矢沢の行動を知りえたのだろうか。恐らくだが石材屋の茶髪の男が連絡したのだろうと思った。水野の老婆は違うだろう。逆に取り立て屋を疎むような物言いだった。あれは演技ではない。

夜逃げした鈴木を訪ねてくる人物を、茶髪の男が見張っていて、金融屋に連絡していたとすると、一年前に純一が墓参りに来た時に、奴らに襲われなかったことは幸運なことだった。

金融屋との車中でのやり取りから、既に純一を捕まえたような気配はなかった。そう思うと、純一の危ないところを切り抜けた運の良さに、危うさと安堵の気持ちを抱いた。

昨日の午後に大津まで来てから、いったい何がわかったのか。聡の親友が鈴木純一だという事はわかった。だが、純一とは会えなかった。

レンタカーを降りて友達と別れた後の聡の行動を追いかけるには、親友の純一と接触して事情を聞くことが、その後の手掛かりに繋がるはずだった。

大津に来たことで、純一を取り巻く特異な事情を知る事にはなったが、そこを深追いする必要はもう無い。そんなことをしたところで意味が無いのだ。残念ではあるが徒労に終わったという事になる。

聡は必ず生存していると信じている。レンタカーを降りてからの一年間、聡の生命活動は続いているはずだ。行動の軌跡は糸のように今この時までも繋がっていて、糸は伸び続けているのだ。

矢沢が動く時間と同じだけ聡も動く。糸は伸びる。その長い糸の何処かを捕まえることができれば、現在の聡に辿り着くことができる可能性があるのだ。

糸を手繰り寄せる作業は、順を追うか追わないかは問わない。しかし闇雲に見つけ出すこともできない。鈴木純一と会えなかったことで、見えかけていた糸は切れてしまった。湖城が丘学園中学には、聡の行動軌跡の糸は通っている。しかし随分昔の糸だ。矢沢が探しているのは、聡がいなくなってから、その先の糸なのだ。


聡は、旧友と会うために三人と別れた。だとすると親友の純一以外に誰と会ったのだろうか。他に聡が行った場所、会った人を捜す事が、糸を探り当てることになる。

鈴木純一の事を知ったのは、湖城が丘学園中に行ったからだ。古い糸まで、もう一度戻ってみるしかないのか。

今日、明日とも学校は休みだ。平日にあらためて出直すしかなかった。東京から、平日に休みを取って再度訪れるには、スケジュール調整が必要であり、暫くは難しい状況だった。聡との距離は全く縮まっていないような気分だった。

部下から携帯に電話があり、月曜日の社内会議資料の件で相談があった。部下は、大阪へ前々日入りして休日返上で準備しているようだ。

矢沢は、昨日からの探偵まがいの奔放な思考から、急に現実の世界に戻された気がした。送られてきた資料をチェックして、追加・修正箇所をメールでやり取りした。

資料は極力シンプルにというのが矢沢の口癖だった。事務方は伝えたい事柄についての説明の細部まで、資料に盛り込みたがるところがあった。どうしても、説明者目線で表現する傾向があり、ガードトーク的な注釈が多くなる。読み手の立場やタイプに刺さるかどうかの視点が弱いのだ。

特に相手が役員の場合は、骨子を一枚にまとめ、データは別冊とする事を求めた。あとは、口頭での補足説明と質問への回答で補えばいいのだ。矢沢の頭は、完全にビジネスモードに変わっていた。

矢沢の部下は、電話してきた課長の他に、課長代理や主任を含めて、八人の担当者がいた。各人ともそれぞれ強みや課題を持っているが、矢沢にとっては全員が可愛い部下だ。

部下育成というのは、上司としての仕事の中でも、多くを占める重要な仕事だ。そして、遣り甲斐があり、自分自身もそうやって先輩から鍛えられた。

その時々の事業環境に応じた、知識や能力を身に付けた人材を育て続けることが、会社の発展のベースとなっているとも言える。若年層に対しては、苦手な業務領域を是正するような育成が必要だが、矢沢は、中堅社員の長所を伸ばすような育成を心がけてきた。弱みに目をつぶるという訳ではないが、強みを重視し、弱みは個性の範囲と言える程度ならそれでもいい。それが矢沢の評価基準の元のようになっていた。

強みを高めていくよう強く背中を押し、その努力と成果を認めてやることが、やる気を増幅させ、それが本人の成長と会社への貢献に繋がるものだと思っていた。

弱みや不得意分野を持たない社員など滅多にいないものだ。全員が弱みを克服していくと、凸凹はなくなり、金太郎飴のような優等生の集団にはなるだろう。だが、矢沢が考える、自立した成長し続ける組織のイメージは違う。

いわば、弱みを持つ事を許容し、失敗から学ぶことを奨励し、チャレンジする事、チームで成果を挙げることを美徳とするという精神だ。

そういう事を言葉で語るだけの上司もいる。部下が失敗すると、自身に監督責任が及ぶことを恐れたり、完膚無きまでに部下を責め立てたりする上司もいたりする。

だが、矢沢は違う。私心なく、心の底から部下の成長を願い、信頼関係を大切にし、厳しくも温かく部下と接して、どんな時にも苦楽を共にしたい。

そういった矢沢の信念が、いつから形成されたのか。それは、過去の上司や先輩から受けた指導が、脈々と活きているのだと思う。受けた影響の一部だけでも、今度は矢沢が、自身の部下に影響を与えられるとしたら、それほど嬉しい事はない。

そんな想いを胸の内で反芻しつつ、部下が送ってきた添付ファイルの資料を見ながら、もう随分と長い時間やり取りを続けている。

部屋の小さな灰皿は、既にいっぱいになっていた。

十一

少し早いが、ホテルの近くで食事ができる店を探しに出た。フロントで尋ねると、琵琶湖岸の方へ大通りを下って行くと浜大津というところに出る。その界隈に、多くの飲食店があるという。ただ、今日は琵琶湖花火大会があるので、どこも混みあっているだろうとのことだ。壮大な花火なので是非にと観覧を勧められた。

この時間でもまだ周囲は明るい。東京より少し陽が長いこともあるのか。今晩もう一泊して、明日はどこを捜せばいいのかも見当がつかなかった。今はひと時、無理やりでも今日一日の疲れを癒やそうと思った。

矢沢は、オンとオフの切り替えは苦手な方だった。若い頃から、休日でも仕事に繋がるアイディアを無意識に探しているようなところがあった。しかし、それが苦になるようなことはなかった。

大通りから『あたご飯店』という大きな看板を見つけて入った。入口付近は混雑しているが、相席なら食事ができると言われ、広い店内の隅にある大きな円卓の一席に案内された。一人で来た客はこの卓に集められているようだ。

瓶ビールと葱チャーシュー、それに搾菜を頼んだ。見た目どおり、味は文句なしだった。旨い搾菜を出してくる中華屋は、何を食っても大抵旨いものだ。

運んできたのは、大学生のアルバイトのような青年だった。学校で見た、卒業アルバムに載っていた鈴木純一の風貌に似ていた。

自分はいったい何をやっているんだ。既に、純一の線は切れたのに、いつまでも頭から離れないことに嫌気がさした。

五年ものの紹興酒ロックのお代わりを頼んだ。矢沢は、よくある燗した紹興酒に砂糖を入れたりする飲み方が苦手だった。夏でも冬でも、いつもロックに檸檬を入れる。そうすると量を飲んでも翌日残らない。三杯目、程よく酔いが回ってきた。

シメの麺類を頼もうと選んでいると、隣のテーブルの家族連れが話す声が断片的に耳に入ってきた。『学園中』というワードが、無意識に矢沢の注意を引いたのだ。

「夏合宿……」

「今年の夏休み……」

矢沢は、顔が紅潮していくのを自覚した。紹興酒のせいだけではなかった。今、中学生は夏休みなのだ。矢沢の頭にあるカレンダーでは土日は休みだ。学校も同じだと思っていた。時間を気にして湖城が丘学園中へ急いだ日には、そもそも授業などなかったのだ。

職員室に先生が少なかったのも解せる。テニスコートやグラウンドにいた生徒らは、部活動で登校していたのだ。学校の休みは、カレンダーとは同じではない。

そうすると、明日も学校には誰かいるかも知れない。いや、夏休み中でも、さすがに日曜日は閉門しているのか。

残った明日一日の過ごし方を考えあぐねていたが、もう一度、湖城が丘学園中を訪ねてみようと思った。


花火大会が始まったようだ。気付くと店内の人はまばらになっていた。みんな早めに食事を済ませて花火を観に行ったのだろう。店を出ると凄い人出で、入店時とはすっかり景色が変わっていた。

花火の爆音に混じって、救急車のサイレンが聞こえた。そのせいで群衆がひと時横断を止められていた。事故か喧嘩でもあったのだろう。

矢沢も湖岸の方まで歩いて行き、混みあった人混みから少し離れたところで、上がり始めた花火を見つめていた。

聡も、この花火を何処かで観ているのだろうか。去年は観ていたのだろうか。何故だかわからないが、そういった情景が浮かばなかった。

浜大津の歓楽街を少し歩いた。居酒屋やスナックなど雑多な店が立ち並び、客引きも多かった。トロピカルバーの大画面映像と軽快なリズムが、オープンエアーのテラス席から店の外にも漏れ出していた。懐かしいミュージックビデオだった。

『ＫＥＶＩＮ』という店だ。オーナーの名前だろうか。人の名前をそのまま店の名前にしているのだ。その店でひととき過ごし、ホテルへ戻った。

明日中には大阪へ入らなければならない。

翌朝、矢沢は少し寝過ごした。昨日は、坂本の坂や石段を歩きまわり、肉体的にも精神的にも疲れた一日だった。ホテルのバイキングで遅い朝食を済ませてチェックアウトすると、予定どおり再度、湖城が丘学園中までタクシーで向かった。

大津に入った時に感じていた、まるで聡に導かれたような不思議と期待に満ちた感覚とは少し違い、無力感のようなものが入り込んできていた。それを打ち消そうと、気付け薬にでもするつもりで、叔父の加藤に電話した。

「叔父貴、今日、また学校で少し情報収集してから大阪に移動しようと思う」

「そうか。学校で何かわかったのか?」

鈴木純一を巡る情報や、昨日の自分の行動など、今更話したところで意味はないので、話すのは控えた。

余計な情報というのは、期待を持たせたり、不安を増幅させたりする事がある。人に余計な情報を与えずに混乱を避けたい反面、自身はどんな情報でも欲しいタイプだった。全く自分勝手だ。

加藤一家のために一日半大津の街を動き回ったが、矢沢は自分の努力だとか、貢献だとか、手柄だとかいった事を表に出す事が好きではなかった。そういう事は胸に秘めておけばいい。プロセスより結果を重視するのが上司の立場だ。

だが、部下達の縁の下での努力や想いは決して見逃さないようにしていた。自分の手柄は部下の働きによるものであり、部下の手柄なのだ。

「陽介、あのなぁ、お前が学校を訪ねると言っていたから、聡の部屋を物色して中学時代のものがないか探してみたんだ。色々出てきたから、今度うちへ寄って見てくれないか」

加藤はそう言った。

自分達の息子を捜すために、仕事の合間を使って、わざわざ大津まで出掛けてくれている矢沢への感謝の気持ちは強く、加藤自身にも何か出来る事がないか、考えた末のことだろうと思った。

確かに、聡の部屋には、当時の友人にかかわるものがあるだろう。過去の想い出に残る品々というのは、なかなか捨てることができないものだ。

叔父も叔母も、事業をやっていて忙しくしていた事もあり、日頃からあまり聡のことをかまってやってはいなかった。聡の部屋に入ることなど滅多になかった。

聡が主将で出場していた県大会公式戦でさえ、一度も観に行ってやった事がなかったぐらいだ。だから、聡の交友関係などには、触れたこともないのだろう。現に、卒業旅行で一緒だった、大学の友人である森、池上、並木の名前さえ知らなかった。

聡は、家業で忙しくしていた親の事情をよく知っていたし、それを寂しがっているような素振りは見せていなかった。勉強にも自主的に取り組み、学校の成績もいい方だった。

学校に着いてタクシーを降りた。正門は閉じられている。人の気配はなかった。夏休みだろうが、やはり日曜日は先生も休みなのだ。部活動も休みだった。

矢沢は、先程の叔父との電話で聞いた、いなくなった聡の部屋の様子を思い浮かべていた。そして、そこに交友関係に繋がる情報があり、今、学校では得られなかった事を補完する、追加の手掛かりとなる気がしていた。それが、学校の門が閉じていたことによる矢沢の脱力感を少しだけ軽くしていた。

国道への坂道へ向かいながら、フェンス越しに無人のグラウンドに目をやった。二日前に聞いた、サッカー部の独特な掛け声が、脳裏に蘇ってきた。

「ぜいおー。いおー」「ぜいおー。いおー」

矢沢は、二回目に訪れた学園中で、何も得る事ができないまま、大阪へ向かった。

翌朝、矢沢は前泊した大阪のホテルから、会場に向かった。

会議は、大阪北摂の万博会場跡地に近い、コンベンションホールで実施されていた。矢沢の所属する人事部担当のパートは午前中の早い時間帯に組み込まれていて、矢沢の説明は20分ほどの持ち時間で、スケジュール通りに済ませていた。

僅か20分の説明のために、前日ギリギリまで資料を何度も手直しし、矢沢の最終チェックで修正し、事務局がペーパーに打ち出して参加人数分コピーして机上配布する。

着手から一体何人の手で、延べ何時間かけて作られた資料なのかと思うと、全く無駄なことをしてきたと思えてくる。

もう数年前から指摘されている課題だが、来期からは、やっと当社でもペーパーレス会議に変える方針のようだ。だが、紙は無くなったとしても、資料作りにかける膨大な時間を見直すには、それとは別の改革が必要だろう。

今回は、全国から部長クラスが集められての会議で、午前のパートが終わると仕出し弁当が配られた。矢沢は早々に平らげ、テイクアウトした珈琲を手に、ホール三階にある見晴らしのいいテニスコート二面ほどはある広い野外スペースに出ていた。

この日は比較的風もあった。建物の周囲は木立も豊かで大きな噴水がある。耐えられないような暑さとは感じなかった。万博公園の太陽の塔も見えた。そこには灰皿がいくつも置いてあり、喫煙者が集まってきている。遠くにサッカーコートも見えた。

「ぜいおー。いおー」「ぜいおー。いおー」

遠くからの、その独特な掛け声が、矢沢の耳まで届いてくることはなかった。

夕方の会議終了後には、参加者全員での懇親会が開催された。全国に散っている久しぶりに会う社員らと、昔話に花が咲いた。矢沢の頭から、聡のことはもうすっかり消えていた。

十二

道子は、市民病院で年に数回行われる研修会に参加していた。主に看護師向けの研修会だが、パート毎に一部研修医や医事課職員なども参加していた。

市民病院の実際の患者の症例を題材に、知識向上を目的に実施されていて、道子は毎回欠かさず参加していた。

院内の大きなカンファレンスルームには、１００人は下らない関係者が着座して、熱心にメモを取っている。

今日は脳外科の主催で、頭部外傷の症例だった。救急搬送から退院に至るまで、医学的な情報が中心だが、救急隊や警察との引継ぎ、提携医療機関への転医、保険請求、医療事務などにも及ぶ広範な内容だった。これを丸一日近くにわたって学ぶのである。

資料は、カルテ、初診から経過毎の単純レントゲン、ＣＴ、ＭＲＩなどの画像、各種検査データ、看護記録、診療報酬明細など膨大で、担当医、看護師、患者に至るまで全て実名入りだった。

道子は、術後の看護記録に、自分の名前があったのを見つけた。整形外科に所属する道子が、脳外の患者を看ることは通常ない。

随分前にヘルプで脳外科病棟に行った時のことを思い出した。確か、若い男性で、家族と連絡が取れていない患者だったはずだ。カルテによると、高次脳機能障害に分類され、記憶喪失とのことだった。

鈴木純一21歳。

午前中に、救急隊からの受傷機転にかかわる情報の説明部分があったことは覚えているが、詳細なメモは取っていなかった。喧嘩か何かによる転倒で、頭部を強打したような事を言っていた気がした。唐崎だか唐橋だか、琵琶湖近くでの受傷で、通行人からの119番通報だとか。

研修会の資料は大半がセンシティブ情報にあたるので、資料流出防止のため配布はなく、全てプロジェクターの投影のみだったから救急搬送時のデータ閲覧には戻れなかった。

ただ、受傷日は8月8日であることは、目の前の投影からもわかった。琵琶湖花火大会の日だ。確か先輩が当直の日だった。

道子は、自分が一度だけ病室で接したあの患者はそういう患者だったのかと、それだけを思った。

その患者が、歩道でうつ伏せに転倒して頭部と顔面を縁石に強打し、通行人の通報で救急搬送されたという日から一年以上が経過していた。患者本人は、その日にこの近くで大規模な花火大会が開催されていたと聞いていた。

主治医の説明では、頭蓋内出血による後遺症で、一時的あるいは長期にわたって記憶障害が残るとのことだった。今も自分が何者なのかさえ記憶がなかった。わかっているのは氏名と年齢だけだった。

鈴木純一21歳。

病室はこの一年間に何度か移動し、今は旧館三階の大部屋にいた。窓から遠くに鉄道の線路が見える。新館との間には、芝生の広場や遊歩道があった。

隣のベッドにいるのは高齢の男性で、随分長く入院しているが、奥さんがやはり同じ旧館の五階に入院していて、歩行器を使いながら、ほぼ毎日ご主人のいるこの病室を訪ねてくる。

今日も、奥さんが訪ねてきた。来ると、窓際で飼っているカメに餌をやったり、花瓶の水を取り替えたり、着替えをリネン室に出したりといったルーティンがある。それを済ませると、しばらく話して帰っていく。夫妻とは、祖父母と孫ぐらいの歳の差があったが、色々な話をした。

一時期、奥さんの訪問が途絶えたことがあった。整形外科で手術をしたらしい。毎日、奥さんの様子を見ていた純一は、代わりにルーティンをこなしたりしていた。それ以来、見舞いに来る親戚の人にも、孫のように優しい子だと紹介してくれ、家族のような温かさを与えてくれていた。家族も素性もわからない純一を不憫に思ってのことだろう。

純一は、長い間、午後のリハビリテーションで部屋を出る以外は、ほぼ一日中病室に閉じこもっていたが、春頃からは院内の売店や敷地内の遊歩道まで下りて行くようになり、主治医からも積極的に身体を動かすよう言われていた。重い記憶障害は残っていたが、先生や看護師が話す事は全て理解でき、事理弁識能力はあった。

今日は、医事課の担当者から各種手続きについての説明があるという。脳外科以外の外傷に関しては既に治癒し、記憶障害については、今後も時間をかけて治療することが必要だという。来週には退院となる。純一にとって、最大の問題は、自分の素性に関する記憶が一切ない事だった。

医事課を訪ねると、担当の中川あゆみが出て来て、彼女から説明を受けた。見たところ純一と同世代の担当者で、感じの良い印象だった。

高度な急性期治療と長期の入院でかかった莫大な費用は、当面自治体が負担してくれる制度があるようだ。後日、健康保険に遡及して加入する事が認められれば、本人が自己負担相当額を自治体に返還することになるらしい。現在、健康保険が無効になっているとのことで、まずは、市の生活・福祉課での手続きが必要となる。今後の生活について経済的な面も含めて、そこで相談に乗ってくれるという。

渡された救急搬送時の私物は、当時の着衣類だけだった。洗濯されて綺麗に折りたたんで紙袋に入れられていた。

ジーンズとポロシャツ。それにスニーカー。ジーンズの尻のポケットには、定期入れのような、パスカードケースが入っていた。中には、健康保険証と一緒に、一枚の診察券が入っていた。

劉気功整体院。患者名鈴木純一21歳。

祖父母のように良くしてくれた夫妻に挨拶し、純一は退院した。決して晴れがましいものではなかった。誰かが迎えに来てくれることもない。家族の待つ自宅に帰るわけではないのだ。自宅には誰もいない。これから茨の道が待っている。

中川あゆみの運転する車で、純一は、まず健康保険証に記載された自宅住所に向かった。入院直後に、市民病院の事務員が見に来たが、誰も住んでいない事を既に確認していたもののの、とにかく自分の目で確かめたい気持ちだった。あゆみも、何か記憶を取り戻すきっかけになるかも知れないと思った。

住所の場所には、三軒が連なる長屋のような建物があった。しかし、純一の家だったはずの真ん中の家には、斉藤という真新しい表札が出ていたのだ。鈴木の表札は外されて、既に別の人が住んでいるという事だった。

純一は、自分が、身内から見放されてしまったのかと思った。どんな事情があったのか。あゆみの気遣いに対しても、全く言葉が出なかった。両隣の家も留守だった。純一は、何も思い出せないままその場を立ち去るしかなかった。

肩を落とした純一を乗せて、あゆみは大津市役所に向かった。あゆみが今後の手続きについてサポートする事になっていた。

あゆみから見た純一は、しっかりとした好青年の印象だった。早く記憶が戻るといいと思ったが、簡単ではないと聞いていた。

夏場とはいえ救急搬送時の軽装から、受傷現場から近い、住まいのある坂本から出掛け、何らかの事故にあったのだろうか。

ただ、救急搬送の翌日に事務員が坂本の自宅を見に来た時には、既に誰か住んでいる様子ではなかったという。車中で話していると、どうも地元の方言がなく、よそからこの地に引っ越してきた人なのかも知れないとも感じていた。

家族が見つかるまで、短期間とはいえ、所定の手続きは必要だった。認印の購入、写真撮影から始まって、生活保護の申請、健康保険証に替わる仮身分証の交付申請など、これから生活していくための準備だった。

純一は、それら手続きの概要や意義は全て理解でき、滞りなく手続きを進めていった。住居の確保などができるまで、当面の居所としてＮＰＯ法人である関西青少年支援センターを紹介された。

十三

純一が退院した数日後、道子は弟の達郎とランチに来ていた。草津市役所に勤務する達郎が、仕事で大津市役所まで来るというので誘われたのだ。最近市役所近くにできた鉄板焼きの人気店だ。どうせ姉の財布にたかるのだろうとの魂胆はみえていた。

道子は、一人暮らしを始めようと考えていて、市役所にはちょうど印鑑登録に行く用があった。両親にはまだ話していない。達郎にも言っていなかった。鉄板焼きの見返りとして、両親説得の支援をもらう条件にするには、もってこいだと思った。

達郎とのランチを終えて、道子は市役所に向かった。入口近くの駐車スペースに、大津市民病院の車が停まっていた。市民課フロアに行くと、医事課の中川あゆみがいた。

「あゆみだったのかぁ。下に車があったわね。帰り病院まで乗せて行って欲しいなぁ」

「ああ、道子。久しぶりね。ちゃっかりしてるわね」

二人は同じ歳で、病院には同時期に入った。看護師と事務員という立場に違いはあったが、親しい関係で、一緒に旅行に行くような間柄でもあった。道子が一人暮らしを始めるのは、少なからずあゆみの影響もあった。


長椅子に並んで腰かけて、順番を待つ間、二人は四方山話に興じていた。道子が契約を予定している守山の賃貸マンションは、あゆみのマンションからも比較的近いところにあった。引っ越しの日には、あゆみも手伝いに来てくれるという。

途中から、あゆみの声が急に小声となった。

「今日は、家族と連絡がとれない患者さんの、医療費補塡申請の件で来てるの」

暫くその顛末を聞いていると、以前研修会でも聞いた、あの脳外の患者の件だと道子にはすぐにわかった。

「鈴木純一君っていう、なかなかの好青年なの。去年の花火大会の日に、唐崎で大怪我してから記憶が戻らないってことみたい」

「そうそう、確か鈴木純一君って言ったわよね。私も一度、脳外のヘルプの時、病室で会ってたのよ」

二人が話す長椅子のすぐ後ろの席にいた男は、その話に聞き耳をたてていた。男は、顧客の分骨に際して、埋葬許可証の交付申請のため市民課に来ていた。そこでたまたま二人の話を聞き、何か、引っかかるものを感じた。

『鈴木純一』『唐崎』『花火大会』

怪我をしたという唐崎と、夜逃げした鈴木の家がある坂本は、湖西線で一駅の目と鼻の先だった。

男は、市役所から出ていく二人の様子を窺っていた。二人が乗り込み、走り去った車には大津市民病院の文字があった。

それを見届けた後、男が戻って乗り込んだ車には、水野石材店の文字があった。

ＮＰＯ法人関西青少年支援センター大津支部は、琵琶湖岸に近い浜大津にあった。マンションの一室に事務所があり、入所者用の共同仮住居は、車で30分ほど離れていて、賃料が安い守山市のアパートを借りていた。

入所手続きを終えると、当面の住まいとなるアパートの方へ移動した。団体名称からも、入所者は全て若い人達だった。青少年に限定した支援施設で、年配のホームレスの人達に比べると、自治体の支援は手厚かった。

当座の身分証明になるものとして、大津市交付の仮身分証が渡されている。純一が所持していた健康保険証は古いものだったとの事で、保険者からの医療費給付も受けられなかった。本人確認ができる正式な証しを、あらたに入手することが必要となったのだ。

氏名に加え、住所にあたる部分には、支援センター大津支部のある浜大津のマンションの住所と電話番号が記載されている。純一の住民票は坂本にあったが、もう誰も住んでいないということで、支援センターの住所地に移す事になった。

この仮身分証があれば、本人確認が必要な行政手続きや、就業なども可能だった。一般の生活保護受給者と同様、所得税や住民税などの納税義務は免除されている。ただし、仮身分証での手続きには一部制限もあった。純一が記憶障害を負っている事と関係していた。

守山市のアパートは、支援が必要な若者らのために、大家から格安な家賃でセンターが賃借している。大家の佐々木は、アパレル関係の企業を定年退職してから、相続した土地でアパート経営を始めたが、支援センターからの募集広告を見て設立主旨に賛同し、住居提供を申し出てくれたとのことだった。

振り返れば、退職するまでの間、会社一筋で、地域社会への貢献など、何か世の中のためになるような事を何一つしてこなかった。それを悔い、青少年への手助けになるのであればと始めた事だったという。

日本の高度経済成長期に企業戦士として闘ってきた佐々木のような男にも、定年後は、従来と異なる価値観が湧き上がってくるようなことがあるのだろう。今まで自分にとって重要だったことよりも、もっと大切なものが他にあるような気がしたりすることがある。企業戦士に限らず、誰しも人生のステージを進むたびに、自身の価値観に変化が生じてくる事はあるのだろう。

浜大津の支援センター事務所は、大津市役所と連携していて、市に送られてくる衣類や日用品などの支援品の一部が、定期的に守山の共同仮住居にも運ばれてきていた。

六人が同居する２０１号室が、当面純一が暮らす部屋だった。二段ベッドが三台設置されている。南向きの日当たりの良い部屋だ。

ドアの外側には、六枚の氏名の札が掛かっていて、外出する時には裏返して出かけるルールだった。今は、他の全ての札が裏返しになっていて、部屋には純一だけがいた。

純一は、ジーンズの尻のポケットに入っていたパスカードケースから、診察券を取り出し眺めていた。自分が鈴木純一であることを示すものは、このパスカードケースの中にしかなかった。入院した時の唯一の所持品がこれだ。自分の記憶の中には何もないのだ。自分がいったい何者なのかを探す手掛かりは、この診察券しかない。そう思った。

「とにかく、ここに行ってみよう」

純一はアパートを出た。支援センターでもらった県内地図と、多少の支給金、そして診察券を手に、守山駅から大津駅まで移動した。


大津駅から大通りを琵琶湖岸の方へ下っていくと、電柱に浜大津という住所が出てきた。診察券には「大津市浜大津一丁目二十六番一号　吉田ビル二階　劉気功整体院　院長　劉雲海」と書いてあった。飲食店の入った雑居ビルの間の路地を斜めに入っていくと、その住所に辿り着いた。吉田ビルの一階は『光燕』という中華料理店になっていた。

エレベーター脇の看板には、五階建てのビルの入居店舗が書かれていたが、劉気功整体院の表示はなかった。階段で二階へ行ってみた。やはり劉気功整体院はなかった。純一は一階入口まで戻り、もう一度住所を確認した。外壁に吉田ビルと表示されているからこの場所に間違いはない。自分の素性を探すための手掛かりとなるかも知れない場所が、消えてなくなっていたのだ。

純一は、全身の力が抜けていくのを感じた。しばし階段に座り込んで考えていた。そして再度二階に上がり、周囲を見渡した。薄暗かった。埃を被った分厚い擦りガラス製の入口ドアには、鍵がかかっていた。中を窺う事はできない。看板は取り外されていたが、ガラスにうっすらと文字を剥がした跡がある。しかし劉気功整体院とは読めなかった。

ここに、純一が欲しい情報はもう何も無かった。純一は、一階の中華料理店で聞けば何かわかるかも知れないとの微かな期待を抱いて、階段を下りて行った。

十四

『光燕』の店内には、椅子席と小上がりに四つのテーブルがあり、別にカウンター席という造りだった。昼時もだいぶ過ぎていたので、この時間お客はいなかった。店主と思われる男性がカウンター席の端で休憩していた。

二階にあった劉気功整体院について聞くと、一年以上前に閉院したとのことだった。患者は年配の人が多く、この界隈で水商売をしている人などには人気があったという。

やはり、劉気功整体院は、この場所にあったのだ。しかし、自分はどういうきっかけでこの治療院に通っていたのだろうか。なぜ、怪我をした時に、ここの診察券だけを持っていたのか。

店主は、このような若い人が、何故この治療院の事を聞くのだろうと少し不思議に思い、訳を聞いたが、はっきりとした答えは返ってこなかった。店主は怪訝に思った。

純一は、自分が記憶喪失で、自身の素性を追っているというような事を、他人に軽はずみに話す事にはやや抵抗があった。不審がられずに、できるだけ自然に店主と接しておこうと直感的に思った。

このビルは、素性を知るための大切なスタート地点であり、簡単に立ち去るべき場所ではないのだ。そんな意識から、純一はカウンター席に座って、一品注文していた。

店主は厨房へ入っていき、店員が冷たいお茶を入れてもってきた。店員はたぶん奥さんだと思った。一口飲むと、それはジャスミンティーで、独特の香りと後味が、純一の気持ちを落ち着かせるのに役立った。

あらためて店内を見回すと、随分と古くからある店だと感じさせる雰囲気だった。調度品などは、中国本土から仕入れてきたと思われる結構立派なものが並んでいたが、油が染み込んだような色の床や年季の入った造作、価格が何度も貼り替えられているメニュー短冊、壁のポスターなども随分昔のもので日焼けしていた。

純一は、治療院の事を聞きに来た似つかわしくない若者の色を消して、ひとりの客として店主の警戒感を解こうとしたところで、それは隠しようもないことだった。

「治療院は、どこかに移転したんでしょうか。ご存じでしたら教えてくれませんか」

単刀直入に、そう聞いた。

「以前、大変お世話になった者なんです」

咄嗟に、何故か、そんな言葉を付け加えていた。怪しいものではない事を伝えたかった。

ワンタン麺を店主が出してきた。

長い間、薄味の病院食に慣れていた純一にとって、退院後の食事は楽しみのひとつになっていた。油の浮いた濃厚なスープが麺に絡み、旨味を閉じ込めた腰のあるワンタンが、純一の味覚を刺激した。久しぶりに旨いものにありつけた気分だった。夢中で完食し、スープも全て飲み干していた。ここを訪問した目的をも、ひと時忘れさせるような味わいを堪能した。

店主が近づいてきて言った。

「あんた劉さんを知ってるのかい？」

純一は、このビルを訪問した目的の方に、意識を戻した。

「はい。腰痛を治してもらった事があったり……」

純一は、尻のポケットから、劉気功整体院の診察券を出して店主に見せた。どうしてこの患者だったと言って、これを見せる事を最初にしなかったのだろうと思った。

患者が久しぶりに治療に来たら、看板が無くなっていたから尋ねているというのが、最も自然なことではないか。

しかし店主は、診察券を見て、軟化するどころか、その表情が強張った。店員と早口の中国語で何か話している。純一の顔を二人で凝視しながら、

「劉さんは、治療院を閉めて、国へ帰ったから捜してもいないよ」

店主はそう言った。

入口に掛けられた営業許可証の店主欄には、劉文虎という名前が書いてあった。治療院の劉院長と同じ姓だ。何か関係があるのではないかと思った。

再度訪問することになる予感から、今回深追いすることは控え、一旦おとなしく引き下がることに決めた。

純一は、明るさを装って、
「おいしかったので、また来ます！」と言って店を出た。
「有難うございました」と声を出した店員に笑顔はなかった。
純一が出て行った後、店主とその妻は、突然の来訪者について話していた。
「なぜ、診察券を持っていたのだろう……」店主はそう呟いていた。

十五

京都山科の駅前にある喫茶店『サンライズ』で、三人の男が話していた。周囲からは、小太りの男と長身の男が、もう一人を詰問しているように見えた。闇金融業者の二人が茶髪の男に返済を迫っていたのだ。

茶髪の男は、坂本から逃げた鈴木の息子が、大怪我して大津市民病院にいるという、たとえ不確かでも欲しいであろう情報を伝えることで、金融屋への返済期限の猶予を懇願していた。金融屋が夜逃げした鈴木を血眼で捜している事をよく知っていたからだ。先月も鈴木の家を訪ねてきた男の情報を伝えたばかりだった。

金融屋の二人は事務所に戻り、鈴木からの未回収債権取り立てのその後の顛末を、社長に報告していた。

鈴木は、この金融屋のいいカモだった。鈴木の後妻である楊麗麗が浜大津でスナックをやっている事を知り、不法入国者の従業員をアルバイトとして送り込んだ上で、入国管理局に情報を流し、楊麗麗が国に帰った後、その店も手に入れた。全て社長の発案だった。

しかし、鈴木の夜逃げが、想定していたより少しだけ早かったのが誤算だった。もちろん、数年間にわたる鈴木への高金利での貸し付けと店の乗っ取りにより、元を取るどころか暴利を得ていた。

金融屋の二人は、『サンライズ』で茶髪の男から聞いた情報を元に、大津市民病院に来ていた。ナースステーションから医事課に内線があり、怪しい男が来ていて入院患者の事を聞いてきたので追い返したから、受付に行くかも知れないとの情報共有があった。病院にはたまにこういった患者の所在に関する問い合わせがある。

医事課の中川あゆみは、聞かれた患者名が鈴木純一と聞いて、直ぐにピンときた。案の定金融屋は、入院病棟から受付の方に下りてきて、窓口で押し問答していた。受付からの内線を受け、あゆみは自身が対応する事を申し出た。

男らは、鈴木純一という患者の知り合いだと名乗り、去年の八月から、この病院に入院しているはずだと聞いてきた。住所は大津市坂本で、歳は二十歳ぐらいだと言う。純一の住まいが坂本だという事を知っている。

あゆみは、やはり例の患者だと認識した。二人は見るからに良からぬ輩で、借金取りのように見えた。あゆみの知っている好青年の純一とは全くイメージが繋がらなかった。

あゆみは迷った。この輩は純一の素性や、記憶回復のためのヒントを持っているのかも知れない。何か聞きだすべきか。しかし深入りすると、何か危ない事に純一を巻き込んでしまう事になるかも知れない。あるいはここで関係を断ち切れば、既に巻き込まれているかも知れない危険な事から純一を解放することになるのか。

あゆみは、ちょっと調べてみるので待つように言い、一旦事務所の奥に戻り、思考を巡らせていた。暫くして入院患者の台帳のようなものを手に、受付に戻った。

「本来は、お教えできませんが、鈴木純一さんという方は、既に退院されています。この病院にはいらっしゃいません。人違いかも知れませんね」とだけ伝えた。個人情報や、病室に見舞いに来た人の事など聞いてきたが、答えることは当然全て断った。男らはそれだけ聞くと諦めて帰っていった。

あゆみは、純一にとって自分のしたことが果たして良かったのだろうかと思った。男達の名刺などをもらえば、もしかしたら純一の記憶を呼び起こす役に立つものになったかも知れない。だが、あゆみは、ここで繋がりを一切遮断する方を優先すべきと判断した。これで良かったのだ。そう思うことにした。

人と人との出会いや繋がりは、ほんの些細なきっかけで左右されるのかも知れない。そのきっかけとは、偶然のものもあれば、人の思惑や操作が関与することもあるのだろうか。言い換えれば、自然に訪れるものもあれば、行動や感性の産物として現れるものもあり、注意深く、耳を澄ませて感じ取ることで、繋がったり切れたりするような事がある気がした。縁と言われるものは、偶然にも、あるいは人の手によっても生み出されるということか。もしくは、縁に繋がる偶然とは、神の手によるものなのかも知れない。あゆみはそんな事を考えていた。

十六

大津市に立ち寄った大阪出張から、もうすっかり季節も変わっていた。聡がいなくなってから、一年半が経過していた。

矢沢が所属する人事部の仕事は、いわば季節労働のようなもので、年間の繁忙期と閑散期の差が激しかった。

学生の就職活動時期に、会社が採用面接や審査に費やす時間は膨大で、その時期には多忙を極める。優秀な人材を獲得することが、会社の将来を担う課題の一つであり、人事部門にとっては重要な時期だ。また、社内の人事評価や定期人事異動を確定させる季節も、多忙な時期となっていた。

大津から戻って以来、叔父の加藤宅を訪ねるチャンスを何度か逃していたが、最近寝込んでいるという叔母の見舞いも兼ねて時間を作って行くことになった。

同じ東京都とはいえ、矢沢の住む多摩からだと都心を横断するような形になり、一時間半ほどかかる。なかなか気軽に行けるわけではなかった。

新宿から総武線に乗り、浅草橋で京成線に乗り換え、隅田川を越え、荒川を越えて、中川との中間にあるのが京成立石だった。

駅から続く仲見世商店街を歩いていくと、手焼きせんべい屋から醤油を焦がしたいい香りが漂ってくる。

仲見世を抜けると、奥戸街道に出る。以前の立石では、毎月三回、七日、十七日、二十七日と、七の付く日には歩道に沢山の縁日が立っていた。金魚釣りや綿菓子など、当時の子供達が喜ぶものや、風鈴や盆栽など大人でも楽しめるものを売る多くの露天商が立ち並ぶのだ。

葛飾区は下町情緒溢れるところだった。だが、今ではそういった愛すべき昭和の風情も、すっかり廃れてしまっていた。

奥戸街道を渡ると、加藤の家が見えてくる。自宅と事務所に隣接する敷地から、加藤が経営する東京加藤運送のトラックが出ていった。

「叔父貴、叔母さんの具合はどうだい？」

うさぎ屋のどら焼きを渡した。叔母の好物だった。

叔母は二階から下りてきて、聞いていたよりも元気そうだ。矢沢は生前の親父のことを思い出していた。親父は、矢沢があまり顔を見せないと、最近お袋の元気がないと言ってきたりした。行ってみると結構元気だったりしたのだ。

歳をとると、誰もが余計に人恋しくなるのだろうと思っていた。そのうち矢沢もそうなるのだろうか。自分は何か逆のような気がしていた。そういう弱みを見せたりするようなことはしないだろう。余程の事でない限り、会いたくても周囲に気を遣わせるような事を避けると思う。あまのじゃくな性分なのだ。

叔父と、聡の部屋に入ってみた。いなくなった当時のままだという。几帳面な聡の部屋は綺麗に片付いていた。ものが溢れているような部屋ではなく、学習机と本棚、洋服ダンスに、アクリルケースが二段あるだけだ。

叔父が物色したところ、押し入れの中に、雑誌やアルバム、サッカーのトロフィーやスパイク、古いユニフォームなどが丁寧にしまってあったという。旅行用のものか、大きなスーツケースなどもあったが中身は空だった。

叔父が見つけたのは、写真や手紙の束などが入った、キャンバス生地の箱だった。机の引き出し二つ分ほどの大きさがある。矢沢に見せようと押し入れから出してあった。その中には、確かに聡の友人との交友にかかわるヒントがあるのかも知れない。そう思った。

矢沢は、最初に湖城が丘学園中学の卒業アルバムを手に取った。教頭室で見たことのあるこのアルバムに載っている三年一組から五組までの、二百人以上の写真の中に、聡が訪問した友人がいるはずだった。

アルバムには、クラス写真の他に、学校行事の写真などが載っていた。体育祭や文化祭など、何十年も先に見たとき、どんなに懐かしく感じるだろうかと思う。浅草寺の大きな提灯をバックに撮った修学旅行の写真に、聡と鈴木純一が肩を組んで一緒に写っていた。

部活動の写真もあった。サッカー部のところに聡が写っていた。鈴木純一含め16人の人物が腕を組んで二列に並んでいる。端に立っている男性は顧問の先生か。女子生徒はマネージャーなのだろう。

学校訪問時に、担任だった井上先生は、鈴木純一がクラスで一番の親友だと言っていた。しかしどうだろう。純一以外の親友は、共に一つのボールを追いかけたサッカー部のチームメートの中にこそ、別にいるのではないのか。

卒業後、時を経ても、旅の途中で再会したいと思える誰か。それは、この写真の中にいるに違いない。矢沢はそう思った。

箱の中身を一つひとつ手に取った。サッカーに関するものが多い。手紙類の束もあった。高校時代のものが沢山ある。聡が年頃のものだ。ラブレターなどを勝手に見るのは聡に怒られそうだったが、その手のものは見当たらなかった。


矢沢の目を引いたのは、湖城が丘学園中サッカー部OB会の案内だった。創部十周年記念と書いてある。日付から逆算すると、前回OB会から来年がちょうど十年目にあたる。節目にあたる来年にもOB会が開催されるのではないだろうか。そうだ。来年だ。そのOB会に行けば、聡が会った人物に会えるかも知れない。

封書の宛名住所は葛飾区立石となっているから、来年の案内も必ずここに来る。そう確信した。矢沢は、ひととおりの自分の考えを叔父に話した上で、この古い封書を一旦預かって帰ることにした。希望の光が少しだけ見えた気がした。

十七

中華料理店『光燕』の店主である劉文虎は、携帯チャットの『微信』で劉院長に連絡し、金融屋が今でも劉院長の行方を捜しているようだと書いて送信した。素人や中国人を使ったり色々と小細工して居所を探ってくるようだから、しばらく日本には戻らず、用心するよう伝えた。

『微信』は、日本で利用者の多いＬＩＮＥのようなもので、中国大手ＩＴ企業が運営している。中国大陸では、ＬＩＮＥやグーグルのアプリケーションなどは、使えない。『微信』が世界中にいる中華圏の人達の間で、最も普及したコミュニケーションツールとなっていた。

劉気功整体院の劉雲海院長は、『光燕』の主人である劉文虎の弟である。

二人の生家は中国江蘇省蘇州にあり、劉文虎が日本に渡って中華料理店を始め、その後弟を日本に呼び寄せ、劉雲海は兄の店と同じビルで整体院を開業したのだった。

劉文虎の妻である椎名里子は、東京の下町出身だったが、琵琶湖が好きでこの地に移り住んだ後、縁あって劉文虎と結婚し、二人で『光燕』を切り盛りしていた。もう二十年以上になる。

里子が琵琶湖に魅了されて大津に来たのと同様に、劉文虎もまた湖を愛するひとりだった。劉の故郷は、蘇州の太湖という大きな湖の畔の村だった。太湖は琵琶湖の三倍以上もあり、対岸は見渡せない海のような淡水湖だ。

先祖代々湖畔の村で暮らしてきた人々は、大昔から、湖の恩恵を受けつつ共存してきた。その地を訪れる人が魅せられる、自然や美しい風景といったようなものだけでない。湖と生活は密着したものであり、生まれた時から、すぐそばに豊かな湖水があることが当然の環境なのだ。過去には、大規模な洪水に見舞われた時代もあった。それでも、住民はこの湖を愛し、そこに住み続けてきた。

東岸から見る夕日は、絵画のごとく美しい。湖には、人を惹きつけるものがあるのだろう。文虎が、移住の地に琵琶湖を臨む大津の街を選んだ事は、里子の想いとも通じる部分があった。

劉兄弟と里子は、旧暦の正月にあたる春節の時期になると、店を閉めて揃って蘇州に帰省していた。

毎年一緒に帰省する蘇州出身の人物がもう一人いた。それは、楊麗麗だった。浜大津でスナックを出していた鈴木の後妻である。

劉兄弟と楊麗麗の三人は、同郷出身者であり、日頃から互いに助け合っていた。楊麗麗がスナックを出店した時も、劉兄弟が随分と支援した。

一方、椎名里子が体調を崩して二週間ほど入院したことがあったが、その時は楊麗麗が店の手伝いを買って出てくれた。昼のランチの時間帯に店に来てくれたり、夜の宴会が入った日には、スナックを開ける前まで、『光燕』に手伝いに来た。終わるとそのままの格好でスナックを開けるため、店で着るチャイナドレスで接客していたら、常連客からの評判も良く、スナックの方に来てくれる客もいた。里子が、退院して復帰後は、店でチャイナドレスを着るようになったのも、それがきっかけだった。

純一の父である鈴木も、劉兄弟とは親しく、中国からの商品の取り寄せや、日本での各種手続きのアドバイス、契約書など難解な日本語文書のチェックを引き受けたりと、さまざまな相談に乗っていた。

中国ビジネスが長い鈴木は、中国語にも堪能だった。標準語である普通話以外に、上海語やそれに近い蘇州語もある程度聞き分ける事ができた。

楊麗麗が店を出す際に、劉院長が物件賃貸契約の連帯保証人になっていたことなどから、鈴木が夜逃げした後、金融屋が劉気功整体院に押しかけてきたことがあった。

だが、その時にはもう院長はいなかった。鈴木がいなくなって数日後に、整体院を突然閉院し、院長も姿を消したのだ。劉文虎と雲海が兄弟であるということを金融屋は知らなかった。しかし、同じビルにある中国人の店であることから、院長の居所について何か知っているはずだと考え、ガラの悪い男達がしつこく聞きに来たのだ。一人は気が荒い長身の男で、劉文虎に掴みかかり、広東訛りの中国語をまくし立てていた。

劉文虎の妻である椎名里子と楊麗麗は、気の合う関係だった。鈴木の妻である楊麗麗は、日本名を鈴木麗子と名乗っていて、スナックでも麗子と呼ばれていた。里子も彼女を麗子ママと呼んでいた。

麗子は、開店当時、スナックの仕事が楽しかった。馴染みの客はどんどん増えていった。生活に必要な金は、鈴木の商売で十分だったから、そんなにあくせく稼がなくても良かったのだ。

しかし、円安元高の影響もあって、鈴木の商売は厳しくなっていった。日本円が一万円あれば、八百人民元の商品が買えたのが、五百人民元のものしか買い付けできなくなる程の外為相場の変化だった。

麗子は、遅くまで店を開けるようになり、近くの内科で強い胃薬のガスター20を処方してもらって連用していた。精神的にも体力的にもきつく、蓄積した疲労は酷い肩こりとなって現れた。店を開ける前には頻繁に、劉気功整体院に寄るようになっていた。

劉院長の施術は、評判どおりの神の手のようだった。息子の純一が寝違えて頸を動かせなくなった時に連れて来た事もあった。患者の多くは年配の人だが、麗子のような水商売の関係者や、スポーツによる怪我で訪れる患者などもいた。

十八

矢沢の携帯に、神田駿河台大学の森から電話があった。仕事の件では無いと言う。卒業旅行の車中で、当時、聡から聞いた事を色々思い出してみたというのだ。随分前の事であるし、記憶も曖昧で、行き先に繋がる友人の名前を聞いた覚えも無かった。もう何度も思い出そうとしたのだ。

ずっと、同年代の友達の事ばかり考えていたが、あるきっかけから、学校の先生の話をしていたような気がしてきたと言うのだ。何か手掛かりになるかはわからないが、恩師のような人がいて、その人を訪ねた可能性がないかとの情報だった。

矢沢は、それを聞いて、卒業アルバムに載っていたサッカー部の写真の端に写っていた男性の姿を思い浮かべていた。

聡にとって、中学時代の最も濃密な時間は、サッカー部の仲間と過ごした時間なのだと、矢沢はほとんど決めこんでいたからだ。森にお礼を言い、聡の部屋から持ち帰った、創部十周年記念の前回ＯＢ会案内を再度確認してみようと思った。


矢沢は帰宅後、書斎の引き出しに大切にしまっておいた、ＯＢ会案内の古い封書の中身に、もう一度目を通した。

案内文書の発信は、ＯＢ会事務局となっていて、学校の住所と電話番号になっている。事務局幹事は松本と書いてある。記載されていた卒業年次からして、聡よりもだいぶ後輩になるはずだ。

会場は大津プリンスホテルとあり、実施日時などが書かれていた。同封はがきでの出欠回答依頼になっている。はがきは残っていないから返信したのだろう。創部十周年となると、卒業写真から想像するに一学年十数名として、送り先の卒業生は、１００人は下らないだろう。地元に留まっている者も、他府県に出ている者もいるのだろうと思った。

やはり、先生に関することは、どこからも読み取れない。矢沢は、この案内を何度も見たのだ。連絡先は学校。幹事は松本とある。追伸欄には、カンパの受付についての記述があった。矢沢は、その文言をあらためて読み返していて、少し別の事を考えていた。

「カンパをお願いできる方は白鳥までお願いします」とある。カンパする意思がある人は、白鳥という人に言えというのか。だが、連絡先も書かれていない。それとも、白鳥というのは人の名前ではないのか。昔の部下の白鳥のイメージで人名だと思っていた。でないとしたら、店の名前か。連絡先を書かなくても、ＯＢなら誰でも知っている『白鳥』という店があるのか。それは『しらとり』ではなく『はくちょう』なのか。矢沢はそこまで考えたが、そこで思考は止まった。

矢沢は、今まで、さまざまな疑問を突き詰めては、成功の糸口に繋げてきた。とりとめのないつまらない発想や、一見、全く無関係に見えること同士を結び付けたりする事がよくある。ほぼ妄想癖に近い事もあるが、理屈ではない感性のようなものを無視できない質だった。それを口に出す事はあまりなく、その感性は、縁と深く関係している気がしていた。あと少しのところで感性が及ばないことはよくある。

この段階で、矢沢の感性が、聡が立ち寄った顧問の田渕先生の実家である、喫茶店『白鳥』に辿り着くことはできなかった。

十九

純一は、NPO法人関西青少年支援センター大津支部の事務所に来ていて、支部長の大木から説明を受けていた。純一の家族捜索の進捗と、就業についての話だった。

運送業界は全体的にドライバー不足が深刻化していたが、運転免許をもっていない純一でも就ける仕事が見つかったとの事だった。

一般家庭の遠隔地に向けた引っ越しを、下請けとして請け負う運送業者での仕事である。主に、関西と関東を往復するような仕事が多く、長距離移動となるとほとんどが車中泊となり、運転手の助手としてトラックに同乗し、現地で積み込みと荷下ろしを行うというものだった。

体力も必要だが、リテール顧客相手の仕事でもあるため、若手のいい人材を探していたが、体格も良く、礼儀正しく、真面目な純一を見た大木が先方に推薦し、面接までの段取りを決めてきたのだ。先方も気に入り、純一は当面の間、そこで働く事となった。


純一が新しい職場で働きだしてから、ひと月が経過した。守山の仮住居から、毎朝始発に近いバスに乗って出勤していた。土日は仕事が忙しく、週に一日平日に休みがあった。社員は全員が純一より年上で、入社してきた経緯もみんなが知っていた。純一にとっては、社会復帰のために当面のこととして就いた仕事で、いつ辞めることになるかわからなかった。それでも、腰を据えて一所懸命仕事を覚えようと努力していた。そんな純一の仕事に対する姿勢に、社員達は好感を持ってくれているようだった。

大きな白物家電も背負いこむようにして一人で運べるようになっていた。引っ越し荷物の梱包なども手際よくこなし、簡単には解けないロープの特殊な結び方も覚えた。教えた事の飲み込みが早いと、運転手達からの評判も良かった。一般家庭での接客も感じが良く、顧客からチップをもらう機会も多かった。

忙しく仕事をしていると、それは自分の置かれた不幸な境遇のことを忘れさせてくれた。

仕事を終えて守山の仮住居に戻って一人になると、どうにかして自分の記憶を取り戻し、家族を見つけ出さなければという感情と焦りが、ぶり返してくるのだった。

会社の社長からは、よく働いてくれているし、いつまでもいて欲しいというような事を言われていた。このまま、過去と決別し、新しい人生を歩んでみたらどうかというようにも聞こえた。

だが、そんな事はできない。社長以下、みんなが自分に良くしてくれる事が、逆に自分探しの行動を減速させているような気はしていた。休暇は取っていいと言われていたが、休みの日にもう一度『光燕』に行こうと思っている事を、なかなか言い出しにくい自分がいた。

自分の素性は、あの場所からしか辿れないのだ。あそこの店主にならば、自分の抱えている問題を全て話してもいいのかも知れない。それによって何らかのリスクを負ったとしても、そこは必ず通らなければならない道だと思った。そう思いつつも、時間だけが経過していた。

数週間後、受注も比較的少ない閑散期の平日に、純一は思い切って休暇を取り、再度『光燕』の暖簾をくぐった。

折角の休暇だから、朝から訪ねたかったが、前回と同じ時間なら客も少ないと思い、午後の遅い時間に訪れた。

前回初めて来た時の、純一を疑うような店主の表情が思い出された。招かれざる客の再訪に対して、どのような対応をされるのかわからなかったが、純一に恐れはなかった。

「こんにちは。また来ました！」

今日は、小上がりに客が一組入っていた。

純一を見た奥さんの顔は、また来たのかというような疎ましがっている顔ではなく、心なしか、純一に何かを聞きたそうな雰囲気があるように感じられた。今回はカウンター席の、店主と話しやすい席に座った。

初めての給料も出て、チップでもらった分もあるので、今日は仮住居での食事当番には外食すると伝えていた。ここで早めの夕食をとるつもりだった。

小一時間経つと、小上がりの客が帰っていき、店主と奥さんが純一の近くに来た。

開口一番、

「あんた、金融屋に頼まれてきたのか？」

と店主が言った。

何のことだかわからなかった。店主は、その純一の表情が、悪意のある者の反応とは思えなかった。少しの沈黙の後、奥さんの方が言った。

「あなたは、いったい誰なの？」

純一は、全てを話すつもりで来たので、

「正直、それが、よくわからないのです」

と混乱ぎみにではあるが、正直に返した。

奥さんは、前回純一が見せた診察券をどこで手に入れたのかと言う。金融屋から渡されたのかとも聞いてきた。金融屋とは何の事だろうとの疑問が尾を引いていた。

純一は、自身は大怪我をして、長い間大津市民病院に入院していたこと。

だが、どのような状況で、何故大怪我をしたのかはわからないということ。

その怪我の後遺症によって、過去の記憶を一切喪失してしまったこと。

診察券は自分自身のものであるということ。

名前と年齢以外に自分が誰かもわからないこと。

これら、一連の事情を正直に話した。

金融屋との関係がどうのという点が気になりながらも、なりふり構わず自分の素性と身内を探したいという結論めいたところまで一気に話していた。

そこまで話すと、主人も奥さんも、徐々に態度が変わり始めた。

記憶喪失なのだと聞いて、妻の里子は、少し合点がいったような表情に変わっていた。同情的な色が強くなり、言葉を選ぶような雰囲気になっていた。

主人の方は、自分の関心事についてだけを確認したいような口ぶりだった。

「君は、本当に金融屋の手先ではないんだね？」

中国人の主人の問いに、純一は、ただ頷いた。意味は飲み込めなかった。

それから後の話は、店の裏口にある物干し場所のようなところで、日本人と思われる奥さんと、二人だけでの会話となった。

里子は、純一を縁側に座らせ、自分は低い椅子をもってきて正面に座った。

前回、純一が『光燕』を訪ねて来てから、里子には気にかかる事があった。麗子ママの子供の名前が確か純一で、目の前の青年と同じ年頃だと思ったのだ。

麗子ママは貿易商の鈴木の妻だから、息子の氏名は鈴木純一になる。前回来た時に見た、診察券の氏名だった。

里子は、純一の記憶が無くなった事に関連するセンシティブな話は後に譲り、純一が疑問に思っているであろう金融屋に関する顛末について、ひとまず話し始めることにした。

整体院の劉院長は、スナックを経営していた中国人女性の連帯保証人となっていたこと。

そのスナック店主は、不法滞在者の雇用が原因で、入国管理局に拘束されたこと。

そして、数カ月後に、中国へ強制送還されたこと。

その後、女性店主の亭主も、借金から逃れるために夜逃げしていなくなったこと。

店主の亭主に金を貸していた金融屋が、劉院長のところへ押し掛けてきたこと。

金融屋は、劉院長の居所を捜し出そうと『光燕』にもしつこく訪問してきたこと。

なので、純一が前回訪ねて来た時、自分達は金融屋が純一を使って劉院長の行方を捜しにきたと思ったのだということ。

これら、事情の要点の部分をまずは丁寧に話した。

里子は、ここまで話すと、純一の反応を窺った。聡明そうに見えた純一は、事の顛末を全て理解したようだった。

しかし、自分がどうして劉気功整体院に来たのか。劉院長との接触以外に、自分の素性にかかわる事情を探る術はないのかといった、自身が最も知りたい情報が見出せない事が、表情の曇りとなって見て取れた。

次に自分の方から何かを語ろうとして深く考えこんでいる純一を見て、里子は少し時間を与えようと思った。その場に純一を残して一旦店に入り、お茶を持って戻って来た。

ジャスミンティーに、純一の心を落ち着かせるに足りる効能はなかった。純一が話し始めようとするのを、優しく制止して、里子は続きを話し始めた。

この後、純一にとっては思いもよらない、驚愕の事実を知ることとなる。

里子は、時折、純一の表情を注意深く窺いながら、自分の知る、この青年を取り巻く事実を淡々と話した。


純一の家は、大津市坂本にあったこと。

純一の実母は病で他界したこと。

父が再婚した継母が中国人の麗子で、スナックをやっていたが、強制送還されたこと。

麗子と自分は親しかったこと。

父は、中国との貿易の仕事をしていたが失敗したこと。

借金から逃れるために夜逃げして中国に渡ったこと。

純一はここまで聞いて、自分の素性の一端を初めて知り、驚きとともに、雪解けのような感覚が入り混じった不思議な感情に包まれていた。涙が止まらなかった。

そして、父母の素性と、さきほど里子から聞いた金融屋を巡る顛末とを重ね合わせていた。自分の家族は両親だけで、二人とも、もう日本にいないというのか。

自分の素性を知る人と、やっと初めて出会えた。自分が大怪我をして入院していた間、両親は自分を捜してはくれなかったのか。もう日本にはいなかったという事なのか。

里子が純一との話の途中、ジャスミンティーを入れに来て一切の事情を聴いた劉文虎は、直ぐに弟の雲海に『微信』で連絡していた。金融屋が院長の雲海の行方を今も捜しているという話は間違いだったから安心しろという内容だった。

しかし、里子が言うには、金融屋の手下だと思っていた青年は、鈴木と楊麗麗の息子だったのだという事も告げた。

劉文虎は、弟の雲海の身の安全だけが心配なのであって、記憶喪失の純一に関しては、あまり深入りしない方がいいのではないかと里子には話していた。

とはいえ、自分達は会ったこともなかったが、世話になった鈴木の息子という事でもあり、雲海から鈴木に知らせておくようにと添えておいた。

劉雲海は、早速鈴木に『微信』し、息子の純一が大津で大怪我をして記憶喪失になっていることと、持っていた診察券を頼りに劉気功整体院を訪ねてきたことを伝えた。

すると、鈴木から直ぐに返信があった。

「何故、純一が大津にいるのか。大津は危ないから直ぐに山梨へ戻るように言ってくれ！」と返ってきた。

大津には、自分が金を借りていた闇金融業者がうろついていて、万一見つかったりしたら殺されるかも知れないと。

雲海は、山梨に戻るとはいったいどういう事かと返し、その後何度も『微信』でのやりとりは続いた。


里子と純一が裏口から店に戻って来た。劉文虎は、雲海から転送された鈴木との『微信』のやりとりを里子に見せた。長文で、全て中国語だが、里子には理解できる。

里子は、時間をかけて丁寧にその画面を読んだ。劉文虎は、既に内容を読み終えていたが、純一本人に伝えるのは、自分でない方がいい。里子に任せるべきだと思った。

そして、里子が日本語で純一に要点を伝え始めた。

鈴木は、中国に逃避する際、純一だけは日本に残したのだという。居留許可証がない純一を中国に連れ出しても、長期滞在ができないからだった。追手が迫る可能性のある信楽は危ない。そこで、純一の亡くなった実母幸子の実家がある、山梨に身を寄せるよう手配したのだ。

鈴木は、純一が一旦は山梨に留まっているだろうと思っていた。そうは言っても、純一が高齢で病弱の祖父母と一緒にいつまでも山梨にいると思ってはいなかった。自力で東京あたりに出て一人で生きているのではないかと考えていたのだ。

自力で何とかする事の大切さを、純一には幼い頃から背中で見せてきた。純一にはそういう逞しさがあった。日本と中国を股に掛けた事業をゼロから立ち上げた鈴木の血を引いているのだ。だが、大津は絶対にダメだ。


純一は、この辺りの事も直ぐに理解した。ほんの少し前、自分の素性が初めて明らかになったばかりなのに加え、追い打ちをかけるように物事は急に動き出した。そんな意識が錯綜する混乱のなかでも、純一は父と会いたかった。

同時に、今は、自分の素性が判明したことで、孤独な世界から、離れていた現実の世の中に、やっと戻ってこられたような気持ちが、ほのかに湧きあがっていた。次々と明らかになる事実を元に、記憶を取り戻す事ができるかも知れないと感じていた。

とにかく早く大津の街を出よう。父の言うとおりにしよう。そう思った。長年住み慣れた街であったとしても、記憶のない純一には全く意味のない事だった。もうこの土地には家族もいないのだ。

二十

最後の仕事は、大阪のマンションから、東京の下町までの引っ越し荷物の運送だった。社長以下、誰にも話してはいないが、自分にとって、今回がこの会社での最後の仕事となる。終えれば大津を出ていくつもりだった。お世話になった運転手の人達にも、心の内で感謝の気持ちを伝えていた。会社の人達に、後で突然純一がいなくなった事がわかれば、自分は薄情者との誹りを受けるだろう。せめてもの罪滅ぼしに、最後の仕事に全力で取り組み、二日間しっかり勤めたいと思った。

未明に大津を出発し、名神下り線で一旦吹田インターチェンジまで行き、大阪で積み込みを終えた後、今度は名神・東名高速の上り線で東京に向かう。途中サービスエリアで仮眠をとり、翌朝には目的地である葛飾の住宅に到着して搬入し、夕方までに大津へ戻るという強行軍だった。

顧客は大阪府北部の中流家庭と思われる転勤族だった。純一達の2トン積トラックと、もう一台4トンロングの2台での輸送で、四人で行う仕事だった。70㎡ぐらいのマンションだったが、意外と荷物が多く積み込みには予定よりかなり時間がかかった。途中、浜名湖サービスエリアに寄って食事をとる計画に変更した。

事故や渋滞を考えて、仮眠をとるのはさらに東京寄りである必要がある。目的地の近くで待機し、指定された時間に現地に到着できるよう、首都高速の足立区加平あたりで待機しようと運転手らは話していた。

浜名湖は、東京と大阪を移動する際、ほぼ中間に位置する。太平洋と間近で繋がる美しく雄大な湖だ。豊橋市から湖西市に向かう山間を抜けると、突然視界が開けて湖が現れる。東西三キロほどの幅がある浜名湖は、北端で百メートルほどの幅に狭まり、猪鼻湖と繋がっている。

猪鼻湖は、明るい浜名湖とは少し趣を異にし、湖岸に立つ猪鼻湖神社の存在が、少し神秘的な雰囲気を醸し出す。湖岸の岩肌の陰で日差しを遮られた石造りの鳥居が、対岸にかかる吊り橋の方に向けて霊気を放っているように映る。さらに北側には、有名な産地である三ケ日があり、みかんを栽培する斜面が広がっている。一年を通して温暖な気候に恵まれたところだ。

浜名湖サービスエリアは広く、大きなレストラン脇に立っている茶色いのぼり旗には、名物のウナギの文字もあった。運転手らは、あまり外食はせず弁当持参の人が多いが、今日のように長距離の時は、二食目からは外食になる。

今日は、最も古くからこの会社にいる親分格の運転手が、純一に、奮発して鰻丼をご馳走してくれるという。いつだったか、純一の好物が鰻で、退院してから一度も食べていないと話したのを、その運転手が覚えてくれていたようだった。これ以降、恩返しの機会がないことに、酷く心苦しい想いがした。

その頃、東京加藤運送のトラックは、純一達とは逆方向に、東名高速下り線を京都に向かって走っていた。

途中、夕食をとるために、浜名湖サービスエリアに立ち寄っていた。古参の運転手である大橋は、この会社の創業時からの社員で、加藤社長の家族の一員のような男だった。

ウナギの茶色いのぼり旗が立っている大きなレストランで簡単に食事を済ませ、食後に売店で珈琲を買いに出るところだった。

出口付近のテーブルに、同業者の四人組が座っているのが目に留まった。一旦通り過ぎてから、気になって戻ると、二十代と思われる制服姿の男を見てハッとした。

突然いなくなった社長の長男に似ていたのだ。まさかとは思ったが、大橋は思い切って声をかけた。
「もしかして、聡君じゃないのか？　立石の加藤聡君では？」
純一は、即座に、
「違いますが」と答えた。
運転手らは、
「藪から棒に、変なことを聞くヤツだなぁ」と言った。
「純一に似たイケメンなんて、なかなかいないと思うぞ」と言って大声で笑っていた。
大橋は、人違いだったと詫びて立ち去って行った。やはり人違いだった。

一般的に、高速道路のサービスエリアは上下線で独立しているので、車のみならず人も相互に行き来することはできない。だが、浜名湖サービスエリアは、数少ない上下線共通の施設であり、このすれ違いも、それゆえ起きた事だった。
仮に大橋が、本当にここで聡と再会していたのだとしたら、それは途方もない確率を引き当てたという事になるのだろう。縁が呼び寄せたとしか思えない出来事になったはずだった。

二十一

田辺達郎は、草津市内で行われていたイベントの運営のため、この日は休日出勤して会場を一日中忙しく走り回っていた。

達郎は、草津市役所のコミュニティ課企画グループに所属していて、市内の自治会や町会、マンション管理組合と連携して、地域イベントなどの企画・運営を担当していた。

入所直後は、出張所勤務で、主に住民からの各種申請手続きを受け付けたり、書類を交付したりという、比較的事務中心の業務を担当していたが、希望が通って配置換えとなっていた。

企画・運営といっても、クリエイティブな仕事ばかりではなく、自治会からくる難題を捌いたり、苦情対応や、町会どうしの利害調整など、面倒な事も多かった。民間企業も同じようなものかも知れないが、組織での仕事というのは、部署名称からは想像しにくいような業務が沢山あるものだと思っていた。

草津市は、大津市と守山市の間に位置し、大きな商業施設や琵琶湖岸の公園、関西の大学の草津キャンパスなどもあり、県内では大津市に次ぐ人口を抱える賑やかなところだ。

達郎は、イベントで用意したボトル飲料が大量に残って処分に困ったので、会場から近い『白鳥』に寄って、サッカー部の後輩用に箱ごと置いてきてやろうと思いついた。

日曜日で、田渕先生は『白鳥』の店に下りてきていた。お客はいなかった。朝のモーニングサービスの時間帯は、日曜日でも近所の常連客でいっぱいになるが、夕方は暇で、早くに閉めたりすることもあるようだった。

「お久しぶりです！」

「おお、達郎が来るとは何年ぶりだ。仕事の帰りか」

胸と背中に『草津市』とプリントされた上着を着ていた。

二リットルボトルの重たい箱を車から降ろしてきて、カウンター奥に二箱積み上げた。最近、現役チームは精彩を欠いているとのことだった。達郎の代は、県大会準優勝チームの主力メンバーだったから、ちょっと鼻が高かった。

『白鳥』には当時の写真が飾ってあり、達郎も写っている。加藤聡も鈴木純一もいる。当時は三羽烏のように言われたものだ。

写真を見ながら、みんなどうしているかと先生が言った。達郎は、最近は会えていないと答えた。聡は東京だし、純一とも久しく会えていない。自分の方からは、積極的に連絡をとらず仕舞いだった。

聡とは二年前に旅行中訪ねてきてくれて会ったと話した。たまたま出かけていて会えなかったが、聡がうちにも寄ってくれたようだと先生もそう言った。

先生は、来年の創部二十周年ＯＢ会のカンパが少し集まってきていると言う。

達郎は、持ってきたボトル飲料の二箱を指さして笑った。

「公金で買ったもので、何がカンパだ！」と言って先生も笑った。

来年はみんなに会えるのが楽しみだった。多分、聡も東京から駆け付けるだろう。先輩風を吹かせて、最近不甲斐ないという現役メンバーに喝でも入れないとだ。


達郎は自宅に戻ってから、聡の携帯に電話してみた。どうも電源を切っているようだ。三羽烏と言われたかけがえのない同期と音信不通というのも寂しい。田渕先生もそう思ったに違いない。

せめて地元にいる純一とは、たまには会いたいと思い電話した。純一の携帯は、現在使われていないというメッセージだった。携帯の番号を変えた事さえ知らない事に、少し反省の気持ちが湧きあがった。

今度、坂本の自宅でも覗いてみるか。そう思った。

土曜日の昼、田辺一家は、達郎の運転で食事に来ていた。後部座席に両親が乗っている。最近、姉の道子は一人暮らしを始め、家から出ていた。長年ずっと四人で一緒に住んでいた家から道子が出て行った事で、両親は何となく寂しそうだった。

達郎にとっては、何も遠方に行ってしまった訳でもないし、今までと何かが変わった感覚などなかった。道子は看護師という職業柄、夜勤もあり、勤務は不規則なところがあった。達郎とは、日頃から顔を合わせないことも多かったのだ。

道子が住んでいるワンルームマンションは、守山にある築浅の物件だった。田辺家のある堅田と守山は、琵琶湖を挟んで対岸の位置関係となり、陸路を走ると、湖岸を南部まで迂回して瀬田川を越えなければならず、30キロ程の距離になるのだが、堅田から守山まで東西に架かる琵琶湖大橋を利用すれば、車ならすぐだった。

三人が来ていたのは、大津から京都山科方面に向かう途中にある、両親の好きな鰻屋だった。本館建物の道路を挟んで反対側の森のような敷地の中に、離れの部屋がいくつかある。両親はいつもその部屋を好み、道子も含めた家族四人でよく来た鰻屋だった。今日は三人だが、久しぶりに達郎が両親を労うつもりで連れて来た。

帰りに、母親が京都のデパートに買い物に行くというので、大津駅で二人を降ろした。大津駅から京都駅までは、ＪＲで二駅の10分かからない近さだ。そんな事から、京阪地区への通勤圏として、大津市の人口は年々増え続けていた。

達郎は、そのあと特に予定がある訳ではなかったので、気になっていた鈴木純一の家にでも寄ってみようと思った。もしも、田渕先生に、純一の携帯番号が変わったことさえ知らなかったと話したら、「お前達、意外と薄情な仲なんだな」と言われそうな気がしていた。


坂本の国道口からの上り坂を行くと、坂の中腹にある純一の家までは、車なら数分だった。寺院の鐘の音が聞こえてきた。鐘の音が消えると、周囲は静寂につつまれている。近くの石材店のシャッターは閉まっていた。

純一の家がある三軒連なった長屋の前に車を停めた。純一の家は、入口脇に色とりどりの鉢植えが並んだりしていて、何か以前と雰囲気が違ってみえた。玄関に近づくと、斉藤という表札に変わっていた。隣の二軒も留守だった。

達郎は、純一の父親が事業をやっていて、随分羽振りがいいような印象をもっていたので、家でも建てて引っ越したのだろうかとも思った。それにしても、連絡ぐらいしてきてもいいだろう。

だが自分こそ、市役所に就職が決まった事も伝えていないし、純一の就職先についても聞いていない。音信不通を純一のせいにするのは違うだろうと思いなおした。

しかし、どうしたものだろうかと達郎は考えた。転居先を調べるには、住民票の履歴を確認すればわかる。草津市役所に勤務する達郎は、大津市役所管轄であっても、職権で県庁の端末にアクセスして閲覧する事もできるが、目的が個人的なものだから、それは違法行為であり、懲戒の対象だ。そんな事はできない。

達郎は、もう一度純一の携帯に電話してみた。前回と同じ、現在使われていないというアナウンスだ。達郎には妙案が思いつかなかった。だが、純一が転居しただけの事であり、そこに、何か重大な事情が関係しているかも知れないといったような、切迫した感覚は全く無かった。

仕方がないので、純一の方から連絡してくるのを待つしかない。そのうち連絡があるだろう。そう思った。

二十二

その頃、純一は仮住居で荷物をまとめ、ＮＰＯ法人関西青少年支援センター大津支部の事務所に来ていた。支部長の大木に、『光燕』で得た事実の大半を伝えた。

事情があって急いで大津を出ていく必要がある理由の部分もある程度説明せざるを得なかった。一部は伏せたものの、大木は察してくれたようだった。

現在交付されている仮身分証は、大津を出ると無効だが、別の自治体に行っても事情説明の役に立つかも知れないので、そのまま持っていく事を許してもらった。

本来なら、それ以外にも退所にかかわる正式な手続きがあるが、急ぐ事情があるとのことなので、大木は自分の判断で手続きを省略する事にした。何かあれば、責任は全て大木が取ると言う。ありがたいことだった。

勤務先の運送会社にも、大木から事情を説明するとも言ってくれた。未払い賃金は預かっておくとの事だ。

当面の居所が決まれば連絡し、無事に家族と会えて記憶が戻った段階で、支部長にはあらためて必ず挨拶に来る事を約束した。今までの支援に対する心からの御礼を伝え、その足で大津を離れた。

純一は、大津駅から電車で、まずは京都に向かった。京都から深夜高速バスで東京まで行き、さらに高速バスを乗り継いで、実母の実家があるという山梨県の河口湖町を目指していた。支援センターでの大木支部長からのアドバイスに従い、たとえ時間は要しても、東京までは、最も旅費を節約できるルートを選んだ。

大木から、

「これを持っていきなさい」

と渡された茶封筒には、NPO法人全国青少年支援センター連合会の小冊子と、関東甲信地方の地図、バスの路線図などが入っていた。小冊子には白い封筒が挟んであり、中には現金とメモが入っていた。

メモには、

「何か困った事が起きたり、記憶回復の手助けになれるようなことがあれば、いつでも連絡して来い」

そう書いてあり、支部長個人の携帯電話の番号が添えられていた。人間味溢れる大木の顔が目に浮かんだ。

大木支部長とは、ほんの短期間の接点であり、会って話したのも数回しかなかった。だが、人と人との関係の深さや強さというのは、会った回数や時間だけでは、決して測ることができないものなのではないか。純一は、そんな事を感じていた。

大津を離れた翌日の午後、純一は山梨県の河口湖駅バスターミナルに降り立っていた。振り返ると雄大な富士山が眼前に迫っていた。大きな観覧車が見える。それを背に、湖の方へ歩を進めた。

長年暮らし、見慣れていた琵琶湖とは水の色が全く違ってみえた。湖面から流れてくる風の匂いも違う。そのことも、純一に遠くまで来た事を実感させていた。

河口湖は、富士五湖のひとつで、国立公園にも指定されている美しい湖だ。特に、桜の季節には、富士山を背景にした湖と桜のコントラストが、訪れる多くの人達を魅了した。

湖岸に沿って暫く歩くと、目印の神社が見えてきた。

純一の実母である故幸子の実家は、神社からほど近い里山の麓にあるはずだった。街中とは違い、住所表示などもあまり見当たらず、『微信』で父から送られてきた説明を『光燕』の椎名里子が要約してくれた説明メモを頼りに歩き回った。

やっとのことで、祖父母の家の隣にあるという、湖にそそぐ小川に造られた小さな水車小屋を見つけた。幸子の実家は、平屋建ての古い一軒家だった。母の旧姓だと聞いた服部の表札があるので、ここに間違いない。

純一は、道々、祖父母の姿を想像しながら歩いてきた。純一を見たら、どんな迎え方をしてくれるのだろうか。そんな事を考えていた。

「こんにちは」

反応がないので、玄関の引き戸を開けてもう一度呼んだ。すると、暫くして老婆が奥から出て来た。かなり足が悪いのか、腰を曲げ、杖を突いて弱々しく土間に降りて来た。

「純一なのかい？」

大きなリュックを背負った青年を見て、老婆は覗き込むような仕草でそう聞いてきた。

「はい。そうです。父から言われて訪ねてきました」

純一は、退院して初めて、血の繋がった人と会う事ができた。その感慨深さから、祖母としっかり抱き合っていた。

祖母は、抱き合ったまま、何度も純一の名前を呼んでいた。ただ、記憶を失っている事が邪魔をして、長い間、離れ離れになっていた身内との再会の実感を、少しだけ薄いものにしてしまっていた。

祖母は、夜行バスの旅で伸びた髭面の純一の風貌を見て、最後に会った、まだ幼稚園児だった頃の純一のイメージと比べ、その成長した逞しい姿に目を細めていた。

訪ねて来るはずだった桜の季節から、もう既に二年近くが経過していた。毎日心を砕きながら、孫が来るのを待っていたのだ。

祖父は、奥の部屋の襖を開けて、布団で横になったままこちらを見て、何度も頷いていた。顔をしわくちゃにして笑っている。泣いていたのかも知れない。

祖父母は、もう何年も体調を崩していた。特に祖父は、寝た切りに近い程まで弱っていた。二人は、大津の病院で病魔と闘っていた一人娘の幸子の見舞いにも行けず、葬儀にさえ出掛けていくことができなかったのだ。嫁ぎ先の鈴木が、大津で埋葬したと聞いた。

その晩は、祖母が作ってくれた田舎料理の夕食を味わいながら、純一は、今までの事を祖父母に全て話した。祖母はその話を聴きながら泣いていた。

二年近く前、鈴木が中国に逃避する直前に、純一に宛てて送っておいた、靴箱ほどの大きさの宅配便の箱が、開封されず仏間の隅にそのままで置かれていた。

純一は、伝票の文字を見つめて、これが父の筆跡なのかと思った。乱暴だが、太く力強い文字だった。仏壇には、母の写真があった。優しい笑顔を浮かべていた。もう会う事はできない。

外の空気を吸いに出た。水車小屋から、休むことなく軋む音色だけが聞こえてくる。湖の方から、草の香りを乗せたゆるやかな風が吹いてきて、純一の頬を優しく撫でる。

純一は、ここに辿り着くまでの、さまざまな出来事を思い出しつつ、自分を温かく迎えてくれた祖父母の心遣いに心から感謝した。

風呂に浸かった。記憶は戻ってはいないが、もう、急ぐ事も、焦る事も必要ない。純一は、久しぶりの安らぎをかみしめていた。そして、深い眠りについた。


翌朝、といっても、もう昼近くになっていた。

祖母が様子を見にやって来ると、純一は熱でうなされていた。たらいに冷水を汲んできてタオルを浸し、純一の傍らで祖母は寄り添っていた。絞って額に当てると、あっという間にタオルは熱を帯びる。辛そうな顔だが、祖母は心配に勝る愛しさを感じていた。

夕べの話では、大怪我をして一年以上も入院し、記憶を喪失した。自分の素性がわからないまま長く不安な日々を過ごしてきたという。素性の手掛かりを見つけるために、自分なりに必死に手を尽くしていたのだ。純一の父からの手紙が来てから、二年近くも河口湖に来られなかった理由もわかった。

直前は、過酷なスケジュールでトラックに乗り、その翌日には大津を出て、長距離バスに揺られて来たのだ。その心労たるや察するに余りある。やっと辿り着いた安住の地で、張り詰めたものから解放され、一気に疲れが出たのだ。無理もない事だと思った。

祖母は、亡くなった娘の幸子の仏壇に手を合わせ、純一が昨日やっと訪ねて来た事を、あらためて共に喜んだ。そして、幼い純一と、まだ若かった幸子親子の幸せだった日々を、写真を眺めながら、思い出していた。

純一がまだ五歳の頃、信楽高原鉄道の駅で大怪我をした事があった。幸子と純一がホームで列車を待っていると、近くに立っていた見知らぬ幼い女の子が、持っていた兎のぬいぐるみを線路に落としてしまった。

俊敏な純一は、幸子が止める間もなく線路に飛び降り、ぬいぐるみを拾おうとしたのだ。その時、線路に敷き詰められた石に、肩と鎖骨を打ち付け、開放骨折の重傷を負って手術をした。祖母もまだ若く元気で、現地まで見舞いに行った。

幸子は、純一を叱ったが、心の優しい息子の行動を、内心では理解していた。入院中に、兎のぬいぐるみの女の子の母親が一人で見舞いに来たが、別に拾ってくれと頼んだ訳ではないような事を、婉曲にだが言われた。確かにそうなのだが、自分ならそんな事は言わないだろうと思った。

世の中には、色々なタイプの人がいるものだ。大半の人が、自分の感性や価値観と同じだと考えたりすれば、それは疲れるだけのことだ。そういう事も飲み込んだ人付き合いが、社会で生きていくためには必要なのだ。

祖母は、まだ熱が下がらない純一の首筋や胸を、タオルで冷やしてやっていた。身体全体がまだかなり熱い。

祖母には少し気にかかることがあった。純一の鎖骨のあたりにあった、手術の跡が無くなっていた事だった。

怪我が癒えてからしばらくした夏休みに、家族で湖水浴に来た時、鎖骨のところに赤味を帯びた、太く長い縫合傷があったのを見ていたからだ。

純一と最後に会ったのはその時だった。医療技術もかなり進歩したということか。それとも、それほど長い時間が経過したということなのか。自分もこんなに歳をとったのだから、無理もないことなのだろう。

二十三

湖城が丘学園中学の体育教師でサッカー部顧問の田渕は、同僚教師の送別会で、草津の割烹『濱』に来ていた。学園中は、中高一貫教育の私立中学で、公立中学のように学区に縛られることはないが、大半が県内からの生徒だった。

学園中の教員達の間では、今日の送別会もそうだが、教員が集まる会合などは、いつもこの店を使っていた。店主が学園中の卒業生だということもあるようだった。

送別会は会費制で、別に強制的に参加を求めるようなものではなかった。校長が代わった時や、古手のベテラン教師など、立場がある人や年長者の送別会には参加者が多かった。送別会に、沢山の人が集まってくれる人は人望があるのか。義理で集まっている者もいるのだろうと田渕は思っていた。表面上のことではなく、人の心の内には、さまざまな本音がうごめいているものだ。その人が居なくなる時に、心から、惜しみつつ送り出してくれる人の数が、その人の人徳を表しているのだろう。

転勤する数学教師の井上は、京都の系列校に行く事になった。特に親しい訳ではなかったが、気が向いたので田渕は参加することにした。二階の座敷に、二十名ほどの教員らが集まっていた。

年下な事もあってか、主役の井上の方から田渕のところへお酌にきてくれた。二人に、共通の話題などはほとんどなかった。だが井上は、田渕に聞いておきたい事があったのだ。

「在学中サッカー部にいた加藤聡、見つかったのですか？」

井上は、そう言った。

田渕には、それが何の話なのか、全くわからなかった。

井上は、田渕のその意外な反応を見て驚いた。自分のクラスにいた、加藤聡と鈴木純一は、いずれもサッカー部の生徒の中でも、田渕が特に可愛がっていたと思っていたのだ。失踪の件そのものを田渕が知らなかった事に、井上は動揺した。

井上は、そうだとすれば、これは話しておかなければならないと思った。持っていたビール瓶とグラスをテーブルに置き、正座したまま田渕の近くに寄って来て、小声で順を追って話を始めた。

随分前に、加藤聡の行方がわからなくなったと言って、わざわざ東京から捜しに来た人がいたという事だった。それが、家出人の捜索なのか、失踪者の行方探しなのか、田渕には最初よく理解できないところはあった。

ただ、聡は卒業後に東京へ引っ越している。OB会の時は大津に来ていたが、卒業旅行の途中にも、『白鳥』に寄ってくれたと女房から聞いていたので、その後の話なのだろうと思った。

東京に住んでいるはずの加藤聡を、何故、わざわざ大津まで捜しに来たのだろう。田渕には、想像力が及ばなかった。

井上は、捜しに来た人は、加藤聡の親戚だと話していたはずだと言う。親しかった生徒を知りたいと言ったので、鈴木純一の名前を教えたことを話した。

つまらない保身の気持ちが働き、個人情報である純一の住所を教えた事までは言わなかった。その事があって、村上教頭の名前も出さなかった。

しかし、田渕からその捜しに来た人の連絡先を知らないのかと聞かれた。井上は、教頭に呼ばれた時に、テーブルにその人の名刺があったのを見ていた。

どうして、こんなことになったのだろうか。何か、自分の方から、わざわざ加藤聡の話を切り出した事で、面倒な事に巻き込まれそうな気持ちになってしまっていた。田渕が知らなかった事を伝えた事により、井上の行動は、聡の捜索にかかわる人達にとって、非常に重要で貢献度の高いものだったが、井上は、そのようには感じていなかった。あまり深入りしたくない気持ちの方が強かった。

だが、もう黙っているわけにはいかないと思った。詳細は、村上教頭が知っているとだけ、井上は答えた。

最近、田辺達郎が『白鳥』に来た時には、そんな話は一切していなかった。田渕は、達郎もこの話を知らないはずだと思った。あるいは知っていて隠しているのか。そんなはずはない。明日、連絡して、会って話してみようと決めた。

この送別会に参加したことが、田渕だけでなく、聡を捜している全員にとって、極めて重要な情報を得る機会となったのだ。

人や情報の繋がりというのはいつもそういうものだった。送別会に来なければ、井上とはもう会う事もなく、この話を聞くことはなかった。参加か、不参加か、ある意味気まぐれとも言えたこの選択が、明暗を分けたのだ。

翌朝、始業前に、田渕は田辺に電話して、今晩仕事帰りに『白鳥』に寄って欲しいと伝えた。

昨夜は、帰宅すると既に妻は寝ていたので、今朝、手短に要点を話し、田辺と晩飯を食う用意を頼んで出て来た。

午後7時近くになって、田辺は急いで市役所を出た。打ち合わせが長引いたが、田辺は仕事の事も上の空だった。田渕からの電話で、聡が失踪していたらしいとだけ聞いたのだ。数日前に電話が繋がらなかった事が、田辺の不安を煽った。

『白鳥』に到着すると、既に閉店している店内で、田渕が待っていた。田辺が到着すると奥さんも店に下りてきた。

最初に、昨夜井上から聞いた聡の失踪にかかわる情報の詳細を、田渕は始めからあらためて二人に話した。

そして、その話を踏まえて、今までにわかっている聡に関する出来事を、もう一度三人で、順を追って整理した。

二年前の花火大会の日に最初に聡と会ったのは田辺だ。田辺と会った後、聡は『白鳥』に田渕を訪ねてきた。その時には田渕は夏合宿に行っていて不在だったので、奥さんだけが会っていた。

奥さんは、聡に変わった様子はなかったと言っている。卒業旅行の途中で大津に寄ったと話していたらしい。あとは、昔話をして随分懐かしがっていた。

聡はとても元気そうだった。奥さんからは、最近も学園中のメンバーがたまに来てくれるというような話をしたと思うと。田渕によろしくと言って帰って行ったとのことだった。

田渕は、唐揚げの皿に箸を伸ばしながら、聞いて頷いている。

田辺は、それらを聞きながら落ち込んでいた。並んだ料理にも箸をつけていなかった。最近草津でのイベントの帰りにここへ寄った時に、田渕から、聡や純一の様子を聞かれた際、満足な答えができなかった。そのことが、自分の不甲斐なさや、後ろめたさのような気持ちを強くしていた。

その上、加藤聡が随分前に失踪していたというような重大な情報を、田渕の方が先に知っていたのだ。かけがえのない親友と音信不通のままにしていた自分の薄情さのようなものを恥じていた。

「それで、うちを出た後、何処に行くつもりだとか、言ってなかったのか？」

田渕が、持っていた箸を奥さんに向けながら、そう問いかけた。

何しろ二年前の会話の内容を思い出す作業だ。細かい内容まで記憶がなくても無理はない。奥さんは、もう覚えていないと言う。

田渕は、何でもいいから、気になった事を思い出せと迫る。

奥さんは、聡が来た時の事を、当時合宿から戻った田渕にも話したはずだと言い返し、あなたこそ私が話していたことを思い出せないのかと喚いていた。

人の記憶とは、曖昧なものだ。ただ、記憶そのものが消えてなくなっているわけではない事だってある。

脳に蓄えられた記憶はあるが、ただ、それを引き出すことができないと、思い出すところまでは辿り着かないのだ。脳からアウトプットするのに、些細なきっかけが作用するような事はよくある。

田渕からのひと通りの話と、二人のやり取りを聞いた後、田辺は、花火大会の日に会って以降、聡と全く連絡を取っていない事も吐露した。田渕は表情を変えず、天を仰いで聞いていた。

全く薄情な友だった。何が三羽烏だ。田辺はそう思った。そして、最近、田渕に二人の近況を聞かれた翌日、聡の携帯に電話してみたが繋がらなかったと続けた。

同時に、鈴木純一にも電話したが、電話番号が変わっていて通じず、坂本の自宅まで見に行ったが、引っ越していて会えなかった事も話した。

これで、全てをいわば白状したような想いだった。

すると、奥さんが、目を見開いてこう言った。

「そうそう、そういえば、うちを出てから鈴木純一君に会いに行くと言ってたわ！」

「さっき覚えていないとか言ってたが、ちゃんと覚えているんじゃないか！」

田渕はそう言って奥さんを褒めた。

奥さんの記憶は消えていなかった。ただ、アウトプットのきっかけが足りなかっただけだ。その些細なきっかけは、『鈴木純一』という、田辺が白状した言葉の中にあったのだ。

奥さんは、一旦記憶の蓋を開けられると、次々に思い出した事を喋り始めた。

聡は、『白鳥』を出た後は、同期の鈴木純一に会いに行くつもりだと言ったので、奥さんは、随分前に純一が『白鳥』に忘れていった、定期券入れのようなパスカードケースを聡にことづけたのだという。

純一が、パスカードケースを忘れていった時の事も鮮明に思い出した。純一が『白鳥』

にふらっと寄った時、奥さんの古い知人が腰痛に悩んでいる話をしていたら、純一が『神の手』を持つ先生がいる、といって整体院を紹介してくれたのだ。

カバンから取り出した、整体院の診察券が入ったパスカードケースを奥さんは借りて、その古い知人と電話で長話をしている間、鈴木は店のアルバイトと雑談していたが、電話を切って戻ったら、もう帰ってしまっていた。

奥さんは、パスカードケースの中に、健康保険証が入っていたので、直ぐに純一に電話した。純一は、それは古い保険証だから、今度寄った時に受け取るので預かっておいて欲しいと言った。

そんな訳で、パスカードケースはそのままになっていたのだ。その整体院の名前は憶えていないが、『神の手』の院長は、中国人の名前で、浜大津の住所だったはずだ。そこまで思い出していた。

三人は、これから先、聡の捜索をどのような計画で進めていこうか思案していた。田辺は、既に薄情だった自分の至らなさを悔いることは、もうここで終わりにし、自身が主体的に捜索を進めるべきだという使命感の方に意識は移っていた。

そこから先は、田辺が仕切り始めた。

「まずは、井上先生から聞いた訪問者の情報を確認しましょう」

村上教頭から、当時聡を訪ねて来たという親戚の連絡先を聞くべきだろう。

「そこは田渕先生にお願いします」

教頭が覚えていてくれれば、その後の進め方がかなり楽になる。

「確かに、随分前の話だから、既に見つかって東京に戻っているかも知れないもんな」

田渕はそう言ったが、それは考えにくいだろうという感覚を三人ともが持っていた。

だが、親戚が聞きに来てから半年以上が経過していることになり、まだ聡が見つかっていないのかどうか、そこをまず確認する必要がある。順序としてはそうだ。

「その東京の親戚と接触できれば、その人が持っている情報を確認した上で、現地にいる我々の動きを考えればいいと思います」

田辺はそう言った。

奥さんは、最初田渕から、聡が来た時の事を思い出すよう詰められた時には、覚えていないと消極的に答えたが、自身が記憶の蓋を開けたことによって、聡のその後の行動のヒントが得られたことを機に、今後の捜索について急に前のめりになってきていた。

「達郎君、私はどうすればいいかしら？」

奥さんは、自分の役割を渇望しているようだった。

「浜大津の整体院の名称や所在については、当時紹介した古い知人と接触してもらい、何らかヒントを探すところを、奥さんにお願いしたいです」

「ええ、わかったわ。任せて！」

奥さんはそう言った。

整体院が判明したところで、そこから有益な情報が得られるかどうかは不明だが、田辺はそう言っておいた。

チームで動いて、何かを成し遂げようとする時には、軽重はあっても、全員に漏れなく役割を与える事が重要となる。

そして、田辺は、全ての情報を統合して、全力で捜索すると言った。

この段階で、聡の失踪と純一の転居が関連していると考える要素は無かったが、田辺にとっては、双方との音信不通が、意識の中でセットになっていた。

純一との音信不通は、ただの転居によるものではない気がした。田辺からすれば、捜し出すべきは、加藤聡と鈴木純一の両方なのだ。

二十四

矢沢は、朝の通勤ラッシュを避けるために、毎日早朝の電車で出勤するようになっていた。会社の始業は9時からだが、この日も7時半にはデスクに着いて、始業時刻までには、既にひと仕事終えていた。

朝の時間帯というのは、外線電話がかかってくることもなく、集中して仕事が出来る。一旦9時になると、そこを境に、堰を切ったように電話が鳴り続けたりする。直接矢沢宛ての電話は少ないが、休み明けの月曜日や連休明けの9時は、押し寄せる電話の波を手際よく捌く担当者層で、職場は活気に溢れる感じだ。当の本人達は、うんざりかも知れないが。

一方、今の矢沢の立場になると、社内の上層部や関連部からのメールが、休日や夜間でも遠慮なく飛んでくる。そして矢沢も遠慮なく返す。それでも、時差のある海外拠点からの連絡を、夜中に電話で受けとるよりは、よほどマシだ。

そんな朝一番の時間帯に、矢沢宛ての電話があった。

「矢沢さん、親戚の加藤さんの同級生と名乗る方からお電話です」

矢沢は、神田駿河台大学の森からだと思った。いつもは携帯電話にかけてくるのだが、会社にかけてくるのはどうしてだろうと思った。携帯電話の着信履歴を確認したが、最近森からの着信はなかった。

その電話は田辺達郎からだった。聡の中学時代のサッカー部の同期だという。

突然の電話に矢沢は興奮した。デスクから誰もいない会議室に移動して、直ぐに携帯からかけなおす事にした。

矢沢は、ずっと、聡が訪問した友人は、学園中サッカー部のチームメートだと思っていたが、やはりそれは正しかったのだ。

田辺達郎は、鈴木純一とともに、聡のいたチームの主要メンバーだった事を知った。立石の聡の自宅に、創部二十周年ＯＢ会の案内が来れば、矢沢はそこへ出掛けるつもりでいたが、田辺からの電話は、その接触機会を早めてくれることになった。

田辺は、最初に聡が見つかったのかどうかを聞いてきた。淡い期待を持っていたのかも知れない。未だ捜索中と聞いた後、この電話をかけるに至る経緯を説明してくれた。

矢沢が学園中を訪ねた際に出した名刺を教頭が持っていたので連絡できたことや、どうして今頃まで、それがわからなかったのかといった事情の概要を話してくれた。

矢沢の方は、突然の連絡で、何から話そうかと思案した。本来なら、共通に持っている情報と一方しか持っていない情報を把握しないと、聞きたい事と話したい事は整理できないのだろうが、矢沢は思いつくままに語り、田辺も思いつくままに話し続けていた。

二人の電話での会話は二時間近くにも及んだ。

この段階で、矢沢は現地の協力者と初めて繋がり、これで捜索を大きく進展させることができるのではないかと思った。期待は大きかった。

今まで会ったことも話したこともない、この二人の接触により、それぞれの情報がひとつになったことで、今までの疑問がいくつも解けてきた。二人の疑問に、共通に関係していたその中心人物は、鈴木純一だった。

矢沢は、聡が花火大会の日に最初に訪ねたのが鈴木純一ではなく田辺達郎で、次に恩師の田渕を『白鳥』に訪ね、最後に、鈴木純一を訪ねていたと聞き、自分の見立てが、真実に近づきつつも、僅かに核心から外れていた事を知った。

ＯＢ会案内でみた『白鳥』は、やはり店の名前であり、聡が旅の途中で訪ねた人物は、サッカー部の関係者だった。

だが、学校で当時の担任である井上から聞いた、聡の一番の親友は鈴木純一だという情報に引っ張られて固執し、その他の人物に、積極的な焦点を当てて行動するまでには至っていなかったのだ。

田辺にとっては、鈴木純一が、転居などではなく、借金取りに追われて、夜逃げしていたなどとは、全く想像していない事だった。それも、二年以上前の事だ。その上、田辺が聡と会った花火大会の当日から、既に聡の行方はわからなくなっていて、捜索願まで出ていたのだ。

いなくなってから二年近く、自分は親友二人の身に降りかかっていた何らかの災いに対して、何もしてこなかった事になる。

矢沢と田辺を接触に導いたのは、当時の担任の井上だった。井上と顧問の田渕は、同じ学校の同じ職員室で、毎日、近くで顔を合わせていたにもかかわらず、聡失踪の情報が行き交う事はなかった。それが、矢沢と田辺の接触機会を一年以上遅らせたことになる。

必要な情報というのは、思いもよらず、すぐ目の前にある事がよくある。ほんのちょっとした何かが足りず、探し物にあと一歩のところで手が届かなかったりするのだ。

矢沢と田辺の二人が、それぞれに嵌め込んできたジグソーパズルのパーツの塊は、一部で隣接する塊同士ではあったが、まだ完全に繋がった訳ではない。

その二つのパーツの塊を、完全に繋ぐ別の塊を、既に持っている人物は、やはりすぐ近くにいた事を、まだ二人は知らなかった。

二十五

幸子の実家では、高熱から回復した純一が、父が自分に宛てて送っていた宅配便の箱を開いていた。

坂本から二人がそれぞれ逃避した際、鈴木は必要なものをスーツケースに詰め込んで、自宅から持ち出していた。ほとんどが自身の身の回り品と、事業に関するものだったが、純一のものも一部あった。

宅配便の伝票には、関西国際空港第一ターミナル店の受付印が押されている。出国する前に、純一のモノを取り分け、幸子の実家に送っておけば、純一の手に渡ることになると考えての事だったのだろう。

箱は軽かった。中身は、印鑑や住民登録カード、国民年金手帳や証書など、純一が持っているべき多くの重要書類が、ケースにまとめられて入っていた。

免許証など持ち歩いていた大事なものは、怪我をした時になくなってしまったのだろうと思った。箱の中には、写真付きの証明書などの書類はなかったが、一枚の写真が入っていた。額に入れられた写真で、丁寧にタオルで包まれている。サッカー部のユニフォーム姿の若者達が並んでいた。胸に『学園中』という文字が入っている。

二列に並んだ後列の中程に、純一も写っていた。自分は、サッカーをしていたのだと知った。だが、それを思い出す事はできなかった。

急いで夜逃げする緊迫した状況の中で、父はこの写真が純一にとって大切なものだろうと察し、持ち出していたのだ。純一は、自分を想う父の愛情に接し、会いたい気持ちが益々募っていった。

だが、父の所在を知らせるようなものは、何も入っていなかった。金融屋からの追及に純一を巻き込まないようにとの配慮からだと思った。祖父母も、父の連絡先などは一切知らされていないとの事だった。

純一は、箱の中身から、父の所在に繋がるヒントを探していた。すると、重要書類が入っていたケースの裏側に、金色で、掠れているが、小さな文字が入っているのを見つけた。そこには、『鈴木貿易開業記念』と書いてあった。開業時に、記念品として配布した品物が入っていたケースのように思われた。

父の会社の名前など、もちろん記憶にない。だが、その会社は、父が中国で設立していた会社なのではないかと思った。社名の下に住所が入っていた。『上海分公司　上海市静安区南京西路３９７８』とあった。もし、それが父の会社だとしたら、父は日本から逃避して上海にいるのではないのか。

純一は、祖母の実家から歩いて、甲斐信用金庫の河口湖支店に来ていた。口座を開設するつもりだった。窓口で、本人確認を求められたので、父が送ってくれた重要書類の中から、年金手帳を出した。住所が滋賀県になっている事情を聞かれたので、親の実家が河口湖町だと答えると、実家の住所での開設でないと困ると言う。了解すると、記憶障害のことなどは一切話さずに、問題なく開設できた。

その後、郵便局へ移動し、住民票や戸籍謄本の発行を郵送で申請した。本籍地も住民票も大津市にある。郵便局の片隅のテーブルを使って、手続きを調べながら、時間はかかったが、父からの書類が全ての役に立った。

郵便局の公衆電話から、ＮＰＯ法人関西青少年支援センターの大木支部長に電話をかけた。あらためて支援と餞別のお礼を言った。無事に母の実家に着いてからの事、仮身分証はもう必要なくなった事も伝えた。

暫くここで準備をして、東京に出ようと思っている事も告げた。記憶はまだ戻ってはいないが、職に就いて、生活が落ち着いたら、遠方にいると思われる父親を捜し当てて、訪ねていくつもりである事も話した。

大木は、純一が急遽大津の運送会社を辞めることになった理由を説明に行ってくれた際、未精算の賃金を社長から預かってくれているのだという。多額な金ではないが、これから何かと金は必要だろうから、山梨に送ると言ってくれた。

純一は、たった今開設してきたばかりの、甲斐信用金庫河口湖支店の口座番号を大木に伝え、預り金を振り込んでもらう事にした。東京に出ていくために準備したことが、早速役に立った。

二十六

会議中に、達郎の携帯に着信があった。マナーモードにしてあるが、画面には、仮装しておどけた、姉の道子のプロフィール画面が表示されていた。数分後にも、再度、道子のおどけた顔が表示された。面倒な会議の最中であったため、度々の着信に、達郎は苛ついていた。いい歳をして、いい加減別の写真に変えろよと思っていた。一時間程して会議が終わり、達郎は折り返し道子に電話した。今度は道子が出なかった。

道子のたまたま出勤日だったその日に、自身の父親が、救急車で市民病院に搬入されてきたのだった。母親が一緒だった。どうも、両親が二人で散歩中に、父が転んで動けなくなって、救急車を呼んだらしい。

大腿骨頸部骨折で、高齢者によくある部位の骨折とのことだった。命に別条があるような怪我ではなかったが、とても歩くことはできない。

道子のいる整形外科病棟にそのまま入院することになった。主治医からの説明には、道子が同席した。大腿骨と骨盤の接合部分にセラミック製の器具を入れ込む、人工骨頭置換術が必要との事だった。それは、この怪我に対する一般的な術法で、道子にも十分知識があった。重傷だが、医療従事者にとっては、特別に難易度が高い手術というわけではない事が理解できた。

「道子のいる病院だから安心だ」

父親本人は、呑気な事を言っていた。それにしても、大事に至らず良かった。

夕方になって、達郎も病室に来た。道子からの連絡を受けて駆け付けたのだ。命に別条はないと聞いていたが、手術をするとなると心配だった。

数日後、手術も無事に終わり、あとは暫く病室で安静にし、その後徐々にリハビリテーションを始めるとの主治医からの説明だった。経過は順調だった。

父親は、一人暮らしで家を出た道子と、久しぶりに毎日会えて嬉しそうだと、母親は言っていた。困ったものだと言いながら、母親もそう思っているに違いなかった。

父親は、

「脚の怪我なんだから、病院食以外の旨いものを食ったって問題ないはずだ」

と言い、達郎に、好物の鰻弁当を買ってくるよう頼んだらしい。

それを病室に持ち込もうとした達郎は、道子に酷く叱られた。病人は、病院食を食べるものだと、わかりきった事を言う。

食事担当の人が、栄養価バランスなど色々と考えて作ってくれたものなんだから、それを残さず食べるのが礼儀だと言って、両親と食べようと思い奮発した三人分の鰻弁当は、道子に没収された。

あとは道子の言いなりだった。父親には内緒で屋上に持って行き、母親と自分達で食べる事にした。もちろんお代は達郎持ちである。

屋上には、ベンチがいくつか置かれていて、主に病院の関係者のみ出入りできるようになっていた。安全上の理由からか患者の立ち入りは禁止されていたが、三人は、道子のI

Dカードで見晴らしの良いスペースに出ていた。遠くに、生まれ育った堅田の街と琵琶湖大橋を望むことができた。

母親は、久しぶりに親子三人での陽だまりの予期せぬランチを楽しんでいた。鰻は、母親の好物でもあるのだ。

母親は、病室での父親の様子や、道子の仕事ぶりを初めて間近で見て感心したことなどを、嬉しそうに話していた。

世の中の多くの親達は、手塩にかけて育ててきた子供達の成長を、幼い頃から節目で見届けているものだろう。後から振り返れば、この世に生を受けて以来、楽しい事も、辛い事も、順調な時も、そうでない時の事も、長い年月をかけて積み重ねてきた育児の日々は、思い出として残る。事情があって、幼い頃に離ればなれになってしまった親子もいるだろう。だが、親を持たない子はいない。

親が子を想うことと、子が親を想うこととは、その時々でさまざまだろう。親の心子知らずというが、子の心親知らずというのもある。

入学式や卒業式、あるいは成人式など、子の成長の節目には、イベントがあったりする。しかし、既に大人になって自立してしまうと、その日常を親が目にする機会は少ないことが多い。家業を継がせるような親子でなければ、子の仕事ぶりに触れる機会はなかなかないものだ。

父親が転倒して大怪我をしたことによって、道子の職場に両親が舞い込んでくることになった。母親は、道子が他人に奉仕する事が好きな子であることを知っている。病院で生き生きと働く道子の姿を見て、本当に頼もしく感じた。嬉しくて仕方なかった。

道子は、母親がそんなふうに感じているなどとは思ってもいない。患者が身内であることにより、私情が入り込むことを自制する気持ちの方がよほど強かった。

そして、父親の鰻が食いたいと言った我儘のお陰で、それを買ってきた達郎が病室に持ち込むのを道子に見つかってしまったことにより、この団欒のひと時が生まれたのだった。道子と達郎の二人が、共に意識せずとも、それが自然と、とても良い親孝行になっていたのだ。これも、親の心子知らずということなのだろうか。


達郎は、高い鰻弁当代を負担する羽目にはなったが、それによって、このような三人の時間がもてたことで、散財の口惜しさの事は忘れていた。

一時間足らず三人で過ごした後、母親はそろそろ父親のところへ戻ると言い、食後の珈琲は飲まずに、先に病室に下りて行った。

この穏やかな団欒の後、達郎と道子は、予期せぬ衝撃の事実に接することとなる。

達郎は、道子と二人になると、最近明らかになったある事について話を始めていた。道子もよく知っている加藤聡が、行方不明になっているという話だった。

随分昔に、三人で夏祭りに出掛けた時、酷い腹痛でこの病院に連れて来てもらった事は、道子にとって忘れようもない出来事だった。道子は、聡が、何か事件に巻き込まれていなければいいと思いながら、達郎の話の顛末を、注意深く聞いていた。

達郎は、今までに判明している事を順に説明していった。そして、顧問の田渕先生の実家である喫茶店『白鳥』を出た後の足取りがわからないのだと話した。

最後に会ったのは、田渕先生の奥さんだが、聡はその後、同期の鈴木純一を訪ねると言っていたようだと続けた。

すると道子は、

「ちょっと待って。同期の鈴木純一って言った？」

達郎は、道子に鈴木を会わせた事はなかった。だが、道子は顔色を変えていた。

「姉ちゃんは知らないはずだけど、サッカー部の同期で坂本に住んでたんだ。でも、今はそこにはいなくなっていて……」

達郎が、話を続けようとするのを遮って、道子は言った。

「達郎！　鈴木純一って、うちの病院に入院していた、記憶喪失の患者かも知れない！」

達郎は、唖然とした。いったいどういう事なのか理解できなかった。

「ちょっと、待ってて！」

道子はそう言って、階下に向かって走っていった。

達郎は、記憶喪失って何だろうと思った。聡の話をしていたのに、どうして純一の事で血相を変えたんだろう。そう思っていた。

暫くして、道子は、医事課の中川あゆみを連れて、小走りに戻って来た。

そこから先、今度は、達郎の顔から激しく血の気が引いていった。あゆみも、あまりの偶然な話に、驚きを隠さなかった。

こうして、達郎、道子、中川あゆみの三人は、それぞれが持っている情報を共有することになった。

聡が、花火大会の当日に行方不明になった事と、その同じ日に、聡が訪ねると言っていた鈴木純一が救急搬入されたことに、関連が無い訳がない。三人はそう思った。

二十七

矢沢は、田辺達郎からの電話を受け、心の高ぶりが抑えられなかった。同時に、自身が持っていた情報と田辺が掴んだ情報に加え、さらに鮮明に事実を浮き彫りにする、道子とあゆみからの情報を得て、次の行動を冷静に考えていた。

矢沢が持っていた情報である、琵琶湖花火大会の日に加藤聡が失踪したこと。

鈴木純一親子は、夜逃げしていて、その日には既に坂本の自宅にはいなかったこと。

だが、蓮光寺住職が、その日に鈴木家の墓参りにきていた二十代の青年を見ていたこと。

それに加えて、田辺達郎と田渕が持っていた情報である、加藤聡は『白鳥』を出てから、鈴木純一の自宅に向かったこと。

その際、加藤聡は、『白鳥』でことづかった純一の忘れ物を持参していたこと。

それは、鈴木純一名義の健康保険証が入ったパスカードケースだったこと。

そして、田辺道子と中川あゆみが持っていた情報である、その同じ琵琶湖花火大会の日に、大津にはいなかったと思われる鈴木純一名義の健康保険証を持った青年が、大怪我を負って、大津市民病院に救急搬送されたこと。

その後、一年以上入院し、記憶喪失となっていたこと。

最近退院して、NPO法人関西青少年支援センターの施設に移ったこと。

これらの情報が、全て繋がったのだった。

この時点で、我々が、いや我々だけでなく、鈴木純一だと認識していた人物は、実は加藤聡であった可能性が高いと思われた。

入れ替わった転機の品は、『白鳥』で奥さんが聡にことづけたパスカードケースに入っていた、鈴木純一の氏名が記されている健康保険証だった。

聡は、それを純一に渡すことができず、所持したまま何らかの事故に巻き込まれた。大津市民病院へ救急搬送されて以降、唯一の所持品であったその健康保険証から、鈴木純一として扱われたという事だと考えられた。

純一は、それが古い保険証だと言っていたようだが、対外的に本人を確認する書類としては、十分な価値を持ってしまっていた。純一の父が加入している国民健康保険の被扶養者としての被保険者証だった。恐らく、父の扶養から外れて、純一自身の就業先での組合健保に本人が加入したなど、加入先が変わったものの、旧保険証の返却を失念していたといった事情ではないかと推察された。

そうだとすると、鈴木純一と名乗る人物の足取りを追う事が、聡の捜索そのものとなる。集まった情報からすれば、もうあと少しで、聡に辿り着く事ができる。純一を名乗る聡は、自治体の紹介で、大津にある青少年支援施設にいることがわかったのである。その手筈を整えたのは、中川あゆみだ。現地の協力者が得られた事は大きい。矢沢は、田辺達郎の行動力を信じ、朗報を待った。

達郎は、中川あゆみから得た情報により、退院した鈴木純一、いや恐らく純一であると誤認されていた加藤聡が、ＮＰＯ法人関西青少年支援センター大津支部の施設にいることを知り、浜大津に向かっていた。

駅からの道を歩きながら、市民病院の屋上で、道子と中川あゆみが血相を変えて走り寄って来た時の情景が思い出された。こんな偶然があるのかという気持ちだった。

中川あゆみは、そもそも聡とは面識がなかった。しかし、姉の道子は、加藤聡とはよく知った仲だった分、衝撃は大きかったのだ。

ヘルプでたまたま行った脳外科病棟に入院していた加藤聡と病室で対面していて、会話まで交わしていたのだ。

それなのに、聡だと気付くことができなかったことになる。頭部と顔面に、まだ包帯を巻いていた時期だからそれは無理もないことだった。しかし、道子には、それが悔やまれてならなかったのだろうと達郎は思った。

だが、それもまもなく全て解決するはずだ。加藤聡との対面の機会は、もうすぐそこまで来ているのだ。

ほぼゴールは近いが、達郎は最後まで安心はできないと思っていた。長年続けてきたサッカーの試合と同じ感覚だった。形勢有利で、守備陣を全て抜き去り、ゴールキーパーと一対一になるまで迫ったとしても、打ったシュートが、ゴールネットを揺らす最後の最後まで、得点できるかどうかは決まっていない。物事の決着は、最後の最後までわからないのだ。達郎は、期待を上回る緊張感に包まれつつ、道を急いでいた。

支援センターの事務所は、浜大津のマンションの一室にあった。支部長の大木が対応に出てきてくれた。達郎は、まずは聡の所在を確認したい気持ちを抑え、自分の立場、事情説明から筋をとおして、必要な事柄に限り説明した。

全てを説明するのは複雑になりすぎる。また、支部長に対して、鈴木純一が加藤聡である事を伝える必要はないとの気持ちがあったのだ。市役所でも、あくまで鈴木純一として扱い、このセンターに紹介されてきているはずだった。

支部長の大木は、時に頷きながら、達郎の説明を聞いていた。純一の親友が、彼の所在を探している事を初めて知った。この親友の田辺は、純一が記憶喪失となっている事も知っていた。信用できないような人物には見えない。

だが、純一を捜すことになったきっかけや理由の部分になると、田辺の説明には、ほんの少しの違和感が出ていた。経験豊富な大木の洞察力は高く、感性は鋭い。田辺が全てを話していない事は見通されていた。

大木は、今まで多くの青少年達の、さまざまな人生を見てきて、あらゆる相談に親身に対応し、ベストな解決策を見出してきた男なのだ。会話の中から、相手の本音や脚色、虚言を見分ける感性を持っている。

大木が最も気になっていたのは、純一と最後にここで話した時に、急いで大津を出なければならないと言っていた事との関連の有無だった。

大木には、純一が追手から逃れる必要があるような事情が想像された。その事と関連する懸念が、すべて消えさる説明が田辺から無い限り、大木は純一の居所に関する情報を田辺に話すつもりはなかった。

達郎は、自分が全てを話していない事を大木に見透かされていると感じ始めていた。同時に、大木は聡の居所を必ず知っているとも感じた。大木の前では、自分の稚拙な取り繕いなど、足元にも及ばないのだと思った。そして、全てを話すことに決めた。

大木は、加藤聡が今まで鈴木純一とされてきた事に、衝撃を受けていた。急いで大津を出る事情が、金融屋の追手から逃れるためだという理由は、大木の予想どおりだった。

大木は、純一が山梨にある亡くなった実母の実家に逃避した事も話した。そして、この後、親族や友人達は、いずれ本人を探し当てることだろう。大木は、彼らが本人の行き先に無事辿り着けるかどうかということ以上に、純一が、自分は純一ではなく、加藤聡だと知った時の残酷さと衝撃の大きさの方を案じていた。

ここまでの、大木を含めた捜索に関係する者が共有した情報により、ぎりぎりのところで身柄の発見は逃したものの、加藤聡を取り巻く人達が、一連の真実の大半を把握することとなり、外堀が埋まった。真実を知らないのは、聡ただ一人という事だった。


矢沢は、現地の田辺達郎が、NPO法人関西青少年支援センターから得た、聡の居所に関する情報と、付随する全ての経緯を電話で聞いた。本人と会えたとの朗報を待っていたのは事実ではあるが、田辺に労いの言葉をかけた。

そして、山梨なら東京からの方が近いので、以後は、矢沢が現地へ出向くことを伝えていた。聡が逃避した実母の実家は、河口湖にあるという。

矢沢は、聡の行動の糸を、ずっと追い続けてきた。やっと捕まえた糸は、途中で切れたりもした。そして、今も伸び続けている。矢沢が糸を辿れば、その分だけ糸は伸びる。ただ、その距離は縮まった。当初から信じていたように、生存している事は間違いなかった。

矢沢は、『富士急ふじやま三号』で、大月から河口湖に向かう車内にいた。乗り慣れた車両だった。矢沢の母親の実家は、河口湖畔の温泉旅館であり、幼いころから、帰省で何度も乗ったことのある路線だった。

二十八

坂本の国道口から、滋賀県警のパトカーと救急車が坂道を上って行った。大きなサイレンの音が、周囲に響き渡っていた。傷害事件が発生し、一人の男が顔面を血だらけにして、道路脇に倒れていた。

現場は、民家が少ない坂道の途中にある石材店の前だった。店主が１１９番通報し、救急車が到着した時には、店主が怪我人に寄り添って待っていた。

被害者とみられる茶髪の男は、水野石材店の職人である。男に意識はあり、救急車で県立中央病院に救急搬送されていった。鑑識が二人来て現場検証をしている。私服の警察官が、店主から事情を聞いていた。

店主によると、被害者と、訪ねて来た二人組の男が石材店の前で話していたが、大声がしたので外へ出てみると被害者が倒れていて、二人組の男は黒い車に乗って逃げて行くところだったという。

店主は警察に対して、やったのは、茶髪の男が金を借りている金融屋だと思うと話していた。よく取り立てに来ていたらしい。命に別条はないが、血だらけになった被害者の顔が、加害者の凶暴性を物語っているようだった。

大津警察署刑事課の久保刑事は、県立中央病院の病室で、茶髪の男から話を聴いていた。被害者である茶髪の男は、水野石材店の店主の親戚で水野昌一といい、以前は京都洛北の石材工場に勤めていたが、数年前に職場でのトラブルから工場を辞め、以後、水野石材店で働いているという。

水野昌一の話から、加害者は水野が金を借りている金融屋の男で、名前は知らないが長身の中国人との事だ。返済に絡むトラブルでその男に顎を殴られ、目が回って気が付いたら顔面から倒れていたとのことだった。

警察は民事不介入の原則から、金銭トラブルの部分にはタッチしないが、本件は傷害事件として捜査する事となった。久保刑事は、加害者の男と金融屋の詳しい情報を聴取して署に戻った。

久保刑事は、水野から入手した金銭消費貸借契約書写しにより、金融屋が京都市山科区に所在する会社であることを確認し、京都府警山科警察署と情報共有した。

山科署によると、その男は過去にも傷害事件を起こしている従業員で、中国人の男だろうとのことだった。自称元ボクサーで、別件でも顎へのたった一発の強打で、相手を気絶させるほどの腕力だという。

山科署から捜査員が金融屋の事務所に向かい、早々にその男を逮捕した。林元宝といい、中国広東省出身の27歳の男だった。

林元宝の身柄は大津署に移送され、久保刑事が、中国語がわかる警察官とともに、その後、引き続いて取り調べることになった。

このところ、外国人による事件が増加していた。普通ならこの程度の事件では、犯人が逃走しているような場合を除き、ニュースにもならないが、マスコミでも取り上げられる機会が多くなっていた。日本で真面目に生活している大半の外国人にとっては、全く迷惑な話だった。

久保刑事は、病院で再度、水野から事情を聴いていた。被害者である水野が、林元宝には余罪があると話していたため、その点も気にかかっていた。

水野にしてみれば、金融屋の数々の悪行を暴露する事で、何とか自身の借財を棒引きにする材料にできないかと考えていた。水野は、そういう甘い考えの男だった。契約書を交わしている以上、チンピラを庇うために、金融屋が借金を棒引きにするはずなど無いのだ。むしろ、妙な事を警察に話せば、さらに恐ろしい目に遭うかも知れない。だが、水野にそのような判断力は備わっていなかった。

久保刑事は言った。

「その、あなたが林元宝の余罪と言っている件について、少し詳しく話してくれませんか」

水野は、よし、警察も乗ってきてくれたと、興奮気味に話し始めた。

「二年前の琵琶湖花火大会の日に、アイツは、唐崎で、若い男を俺と同じような目に遭わせて、大怪我させた事があるんだ」

「その被害者は、何処の誰なのですか？」

水野は、ベッドから身を乗り出して、久保刑事に詳しい話をし始めた。その金融屋が、暴力を使っていかに汚い商売をしているかを伝えようと、自分なりに精一杯考えて話そうとしていた。

自分が勤めている石材店の近くに、やはりあの金融屋から金を借りている鈴木という人の家があったこと。

鈴木が突然夜逃げした後、もし鈴木宅に訪問者があったら自分に連絡するよう指示してきたこと。

二年前の花火大会の日に、夜逃げしていた鈴木の息子が自宅に戻って来た際、金融屋が父親の居所を喋らせようとして暴行したこと。

これらを久保刑事に説明した。

「あなたは、その人が暴行されたことを、何故知っているのですか？」

水野は続けて、知るに至った経緯を話した。金融屋が自分に話していた事を思い出しながら、久保刑事にできるだけ正確に伝えようとしていた。

水野は、息子が家に帰ってきたのを見て、言われたとおり直ぐに金融屋に連絡したこと。

家に戻って来た息子は、中には入らず、蓮光寺の方へ坂道を登って歩いて行ったこと。

たぶん、自身の母親が埋葬されている、鈴木家の墓に行ったのだと思うこと。

鈴木家の墓石を作ったのは水野の店だったからそう思ったこと。

墓から戻る息子を、金融屋は国道口の坂下で待ち伏せしていたこと。

坂道から下りて来た息子を捕まえたこと。

金融屋は、捕まえた息子を車に乗せて唐崎の湖岸に連れていき、そこで暴行したこと。

結局父親の居所などは掴めなかったこと。

倒れた息子が持っていたカバンを琵琶湖に捨てて、息子はその場に放置したこと。

これらについて順を追って話していった。


この話は全て、金を持って一部返済猶予を頼みに行った際、山科の居酒屋で飯をたかられた時に、ほろ酔いの金融屋から、全て直接聞いた事だった。

水野がさらに話したかったのは、その一年以上後に、自分が入手した情報の話だった。

「その大怪我した鈴木さんの息子は、今どこにいるのですか？」

水野は、よくぞ聴いてくれたと勢いづいた。

息子は、大津市民病院に一年以上入院し、記憶喪失になっていたこと。

名前は鈴木純一だということ。

それがわかったのは、市役所の市民課の長椅子で、病院に勤める二人の女性の話をたまたま盗み聴きしてピンと来て、自分が機転を利かせたからこそ、入院先が大津市民病院である事も含めてわかった情報であること。

水野はこれらを得意げに話した。

唐崎の現場で顎を殴られて、ふらふらと歩道まで歩いてくる途中に、頭蓋内での変化が進み、意識を失って縁石に倒れたという事だと推測された。

鈴木の息子が、そのような重傷を負っていたことや、その後、通行人の通報により救急車で運ばれ、病院に長期入院していたことなど、水野も金融屋も、それまで全く知らなかったのだ。


久保刑事は、署内の書庫にいた。一昨年の琵琶湖花火大会の日に、大津署管内で起きた事件・事故の記録について調べていた。

その日には、喧嘩や死亡事故一件を含む交通事故など、事件・事故は三十件以上も発生していた。

その中から、水野昌一が話していた大津市民病院に救急搬送されたという鈴木純一にかかわる記録がないか探していた。

記録はあった。頭部外傷で重傷の案件だった。花火大会当日の琵琶湖周辺は凄い人出で、喧嘩は珍しい事ではなかった。

大津市民病院で診断した担当医師から、ただの転倒による頭部外傷ではなく、左顎のあたりに、別の殴打の痕跡があるので、喧嘩による殴打が脳内出血を誘発し、転倒に至った可能性も否定できないとの申告だった。こういった場合は、警察に情報提供されることになっていた。

患者名は鈴木純一で、所持していた健康保険証での本人確認となっていた。住所は大津市坂本だが、家族と連絡がとれていないとの内容だった。その後、病院職員が自宅を訪問したが、家族は不在で、既に転居していたと書かれていた。

本人は、当分意識が戻らない見込みとされ、被害者本人から事情を聴けないことから、捜査はそのまま進展していなかった。その後、被害者の意識は戻ったが、記憶障害があるということ、既に退院して県外に転居したとのことで、実質的には捜査は迷宮入りのような形となっていたのだ。

傷害罪は、親告罪ではないから、被害者の告訴がなくても成立する。とはいえ、本件を林元宝の余罪として、起訴まで持っていく事は難しい、久保刑事はそう思った。

中華料理店『光燕』の椎名里子は、地方放送局の地域ニュースを店のテレビで観ていた。

最近、滋賀県内でも増えているという外国人による傷害事件のニュースで、大津市坂本の事件現場の映像が流れていた。

夫が中国人であることからも、この手のニュースには嫌な気持ちが強かった。現場映像から、逮捕された容疑者の顔写真の映像に移り、里子はゾッとした。

容疑者とされる中国籍の林元宝は、以前、劉気功整体院の院長である劉雲海を捜しに来た金融屋の一人で、夫の劉文虎に掴みかかってきた、長身で血の気の多い、あの中国人だったのである。

しかし里子は、その同じ男が、二年近く前にも同じやり方で、『光燕』を訪ねて来た鈴木純一に大怪我をさせて、記憶喪失に至らせたことなど知る由もなかった。

ましてや、自分が会ったその鈴木純一だと思っていた若者が、別人だったということも。そして、その事を知らないのは、里子だけではなかった。夫の劉文虎も、院長の劉雲海も、『微信』で連絡した純一の父親である鈴木でさえも、その事実を知る事はなかった。

ただ、里子は、鈴木が直ぐに純一に大津から離れるように伝えたかった意味だけは理解できた気がしていた。鈴木は、そういう目に遭う危険から純一を遠ざけたかったのだ。

だが、事実は違う。既に為されていた林元宝の暴行によって、純一の記憶が奪われていた。しかも、それは、純一ではなかった。鈴木が守ろうとし、里子が逃がした若者は、純一ではなく、加藤聡だったのだ。

世の中には、長い間、事実がわからずに不明のままで忘れ去られていく事がある。一方で、長い間、事実として信じられてきた事が、実は事実ではない事が明かされずに、事実と扱われたままで忘れ去られていくこともある。

ただ、事実と信じられてきた事は、事実とされたままの事が多い。事実と信じてきた事の中に、事実でないことはある。しかし、人は、それを掘り起こそうとは考えないのだろう。鈴木純一だと誤認された青年は、鈴木純一として扱われ続けたのだった。

二十九

矢沢は、富士急河口湖駅に降り立った。田辺達郎を中心に、大津の協力者らが調べてきた情報を元に、聡を追ってここまで来たのだ。

だが、矢沢は、何故だかわからないが、ここ河口湖では、聡に再会できないのではないかという気がしていた。聡の行動の糸は、またさらに別の方向に伸び続けてしまっているように感じられたのである。

聡が向かったという、純一の実母である故幸子の実家に、NPO法人関西青少年支援センター大津支部長から田辺が得た住所だけを元に徒歩で辿り着くのは、それほど容易ではなかった。矢沢の母の実家の旅館に行って聞けば、道案内を頼めるだろうが、聡が失踪したことは話していなかった。あまり親戚内に話を拡げるのもどうかと思っていたのだ。

矢沢の母親の実家である旅館は、湖岸のボート乗り場や土産物屋が立ち並ぶ、賑やかな南岸にあった。近くに富士山も望める。湖畔では最も観光客が集まるところだ。

幸子の実家は、そこからはかなり離れた、湖の北岸の方にあるはずだった。このあたりは、矢沢も幼い頃は、夏休みに自転車で走り回ったところだが、あまり記憶は残っていなかった。ただ、幸子の実家の近くにある神社には、何となく覚えがあった。

民家はまばらだが、たまたま宅配便の配達人を見つけたので、幸子の旧姓である服部さんのお宅を尋ねると、丁寧に教えてくれた。

服部の表札がある家の前まで来た。隣には小さな水車小屋がある。水車と小川を流れる水の音がするだけで、周囲は静まり返っていた。

矢沢は、鈴木純一の祖父母が、どのような人かも知らなかった。自分はいったい、訪問の主旨をどのように説明したらいいのか、大月からの車中で思案を重ねてきた。

おそらく、聡は、間違いなくここに来たのだろう。今もとどまっているかどうかはわからない。もし、この家の扉の向こうに聡がいるとしても、聡に記憶はないのだ。矢沢を見ても従兄であることさえもわからない。そして、純一の祖父母は、聡を自身の孫の純一だと信じているはずだ。

矢沢は、純一が実は加藤聡であり、自分はその従兄である事を話す事に強い抵抗があった。聡に対しては、本人の記憶にはない全ての事実を伝えた上で、東京に連れ戻すという目的があり、事実を知った時の驚きや動揺の向こう側には、立石の家族の愛情が待っている。

ただ、祖父母はどうか。孫だと信じて愛情を注いだ若者が、実は他人だったと知れば、落胆は大きすぎる。ましてや、本当の鈴木純一の所在を知らせるという、祖父母を落胆から救う代わりの情報は何一つ持ち合わせていないのだ。

矢沢は、ここで、聡の事を話すのは止めようと決めた。鈴木純一を捜しに来たという嘘で通そうと思った。

聡をここから連れ出しさえすれば、機会をうかがって事実を全て話せばいいのだ。年老いた祖父母を、無用に落胆させることはできない。させるべきではない。そう思った。

「ごめんください」

玄関の引き戸を開けて声をかけた。暫く待つと、老婆が出て来た。

「鈴木純一さんの祖父母様のお宅でしょうか」

そう尋ね、自身は純一さんの知り合いで、捜しに来たと説明していた。祖母は、少し驚いた様子だったが、矢沢を仏間に通してくれた。

仏壇には、位牌の隣に、女性の写真が供えられていた。坂本の蓮光寺で住職から聞いた話が蘇ってきた。鈴木の前妻で、純一の実母の幸子だと思った。位牌に彫られた戒名に『幸』の文字が含まれていた。矢沢は、線香をあげさせてもらった。

亡くなった幸子は、真実の全てを知っているだろうと思った。一連の事実も、矢沢が聡の事を隠して、純一を捜しに来たと言った嘘も、全て見通しているはずだと思った。故人というのは、そういうものだと、矢沢は信じてきたところがあったのだ。

幸子は、草葉の陰から、現在の純一の居場所も、聡の居場所も知っていて、じっと眺めているのだろうと思った。そして、矢沢のついた嘘の目的をも理解してくれているはずだと信じたかった。

それから、祖母と暫く純一の話をした。ここに来て数日滞在した後、東京に行ったと話してくれた。東京で生活が落ち着いたら、父親を捜しに行くと言っていた事も聞いた。

矢沢は、嘘を身にまとった自分に罪の意識を感じながらも、蓮光寺に建てられた幸子の墓にお参りした事などを祖母に話した。

葬儀には、純一の同級生が沢山参列していたらしいという、住職から聞いた話もした。

祖父母にとっては、孫の純一以上に、娘の幸子を偲ぶ気持ちが強いのではないかと思った。

嘘には、相手を気遣うためのものもある。人を騙すための嘘ばかりではない。矢沢は、仕事の上でも、社員や取引先との関係で、嘘をついたことがないわけではない。だが、気遣いからの嘘を含めて、矢沢は嘘が嫌いだった。

新入社員に最初に話すのは、どんなにピンチな状況下でも、決して嘘をついたり、隠したりしてはいけないという事だった。仕事上でも王道を目指した。

だが、生き馬の目を抜くようなビジネスの局面では、結果的には、ライバル社を騙し討ちのような形にする事もあった。

とはいえ、知っている事を話さないのと、事実と異なる事を話すのは違う事だと、自分に言い聞かせているようなところがあった。

一時間ほどの滞在で、矢沢は、服部家を辞去した。やはり予想通り、聡の行動の糸はさらに伸びていたのだ。

東京で、聡を見つけるのは至難の業だ。しかし、矢沢は何か必ず方法があるはずだと思っていた。あるいは、縁の助けが訪れることだってある。そう思った。

東京に戻る途中、大月駅での乗り換えに時間があったので、矢沢は大津の田辺達郎に、河口湖での事を報告した。

聡は、既に東京に移動していて会えなかったことを話した。田辺の期待は大きかったはずだが、矢沢に労いの言葉をくれた。矢沢は大月からの車中で、浅い眠りについた。

三十

純一は、河口湖駅のバスターミナルから、東京行きの高速バスに乗り込んでいた。乗客はほとんどが若い人達だった。

この近くの遊園地で買ったと思われる、同じ柄でビニール製の大きな土産袋が車内の網棚を埋め尽くしている。

電車やバスなどの公共交通機関は、その移動する箱の中に、それぞれの目的を持ち、相互にかかわりない大勢の他人同士を乗せているものだ。だが見たところ、このバスに乗っている純一以外の全員が、レジャーを楽しんだ後、家路についた人達のようだった。

その中に、たったひとり全く異なる目的で、純一だけがポツンと乗っているようなものだった。純一だけが、不幸な身の上のように感じた。だが、純一だけが、自身の人生にとって重要で、価値ある目的のために、この箱の中にいるのだとも感じた。

浅い眠りから覚めると、バスは山梨と神奈川の県境に差し掛かっていた。乗客らは、すっかり遊び疲れて眠っているようで、何処からも話し声は聞こえてこない。車内は静かだ。純一の他に、眼を開けているのは、運転士だけかも知れない。満員となっている箱を運ぶ、エンジンの重たい音がするだけだった。

車窓から、南東の方角にきれいな満月が見えた。この月は、上海からも同じ方角に見えるのだろうか。

純一は目を閉じて、父親の姿を想像しながら、明日からの職場探しが、無事上手くいくことを願った。

幸子の実家に滞在中、色々と東京に移る準備をしてきた。今日は新宿に着くのが夜10時過ぎになるから、カプセルホテルにでも泊まろうと考えていた。

明日は、運送会社の採用面接に行く予定だった。社宅完備の条件での求人募集は意外とあったが、運転免許の所持が必要な条件に含まれていたのだ。

その中で、東京北区にある運送会社が面接に呼んでくれた。送った履歴書は、祖母から聞いた話を元にして、経歴など何とか埋めたものの、記憶がないので実感はなかった。唯一実感があるのは大津の運送会社での引っ越し助手の職歴だけだった。

翌朝、山手線で田端駅まで行き、西尾運送で面接を受けた。家族中心で運営している従業員10人の小さな会社だった。トラックは2台で、西尾社長自身もたまに運転するのだという。

西尾社長は創業者で、若い頃に大手の運送会社で働き、26歳で独立して今の会社を設立したとのことだった。

西尾は、苦労人という印象だった。純一とは親子ほど歳は離れていた。仕事には厳しいが、従業員をとても大切にしているような雰囲気を感じた。懐深く、相手を包み込むような温かさを持っている気がしたのだ。最近、中途で採用した従業員が一人辞めてしまったので、代わりに若手を一人採用することになったようだ。

純一は、西尾との会話の中で、履歴書には書けなかった、自分が記憶障害を負っている事情も話した。そういう事情も職場で受け入れてもらう必要があり、隠していて後でわかったりすれば問題になるかも知れない。それは西尾に対しても義理を欠く事だと思った。

西尾は、純一が心配する必要など全くない人物だった。柔和な表情で純一の話を全て聞き、快く受け入れて、採用を決めてくれた。純一は、初めての街にきて、いい人と巡り合う事ができたことで安心感に包まれていた。

これも縁だった。純一は、求人の中からこの会社に応募した。西尾は、運転免許を持たない純一の履歴書を見ても、面接に呼んだ。そして、気に入り採用した。

西尾運送の社宅は、近くにある『中村荘』というアパートの一室だった。支援センターにいた時の守山のアパートとは違い、六畳一間だが、流し台、風呂と便所もあり、純一一人で住むことができた。辞めた従業員が置いていった、布団や冷蔵庫、テレビなどもそのまま使っていいという。

純一は、山梨を出てくるときに、祖父母が持たせてくれた金で、生活に必要な最低限のものを買った。まずはしっかり働いて生活を軌道に乗せてから、ここを拠点に、父親捜しを始めようと思っていた。

三十一

本当の鈴木純一は、大津市坂本の家を夜逃げして出てきてから、実母幸子の実家がある河口湖には行かず、東京に出てきていた。純一は、父親から言われた山梨への逃避より、東京で新しい生活を始める事を選んでいた。

父親からは、大津を離れて県外に逃避することになった訳を聞いた。色々考えた末の事だったのだろうと思った。純一は、父親の事業の詳細までは知らなかったし、ただ中国との貿易の仕事だということだけはわかっていた。だが、継母が強制送還された後ぐらいから、何か父親の仕事が上手くいっていないことは感じていた。大学を夜間学部に変更した頃のことだ。

純一から見た父親は、交渉事や商才に長けた商売人というよりは、筋を通す事を大切にする一本気の人だと感じていた。そして、困難な時でも簡単には諦めたりしない、強い意志をもった人だとも思っていた。世の中の汚い部分も飲み込んで、金儲けにかける手腕はともかく、怖いものなど何もないような、男らしく逞しいタイプにも見えた。

そんな事から、借りた金を返せなくなって踏み倒して逃げると聞いた時には、それは筋違いの義理を欠く事であり、少し信じられない気持ちが半分あった。だが、金を借りた先は悪どい高利貸しであり、どっちもどっちだと思った。そうと決めたら自分もとことん逃げきってやろうという気持ちがもう半分で湧いてきていた。一旦、開き直るとどこまでも突っ走るような性格は、父親譲りのところがあった。

父親の生まれた家は、元々は信楽の窯元の分家であり、商人ではなく職人の家系でもあった。若い頃から空手をやっていて、喧嘩も並外れて強かったと聞いたこともあった。最初から、中国との貿易を目指していた訳ではなく、今で言うところのバックパッカーのような形で、ベトナムやマレーシアなどアジアの国々を一人で回り、最終的に、まだ発展途上だった中国に辿り着いたのだと聞いた。

大津を離れる前の最後の夜、そんな話も初めてしてくれたのだった。これから生きていくためのアドバイスと思えるような話も沢山聞いた。実母が亡くなり、継母が国へ帰ってからは、二人だけで暮らしてきたが、今までそんな話をしてくれた事はなかった。

純一には、それがとても新鮮に思え、同時に、明日大津を離れて別れたら、何故かもう二度と父親と会えなくなるのではないかという気がした。

父親との語らいで感じたものが、これからは、自分一人の力で、道を切り開こうという気持ちを芽生えさせた。山梨に、祖父母を訪ねて、何らか支援をもらう事は止めようと決め、一人で東京に出てきていたのだった。

山梨を訪ねろとの言い付けは守らなかったが、父親から言われたとおり、幼い頃から生まれ育った滋賀での交友関係は、一旦全てを断ち切っていた。その事が、ひとつの強い覚悟にも繋がり、既に、自分一人の力で新しい生活を始めていたのだ。

大津で大学の夜間部に通いながら勤めていた旅行会社での経験が多少あったことから、東京では、池袋にあるバスツアーなどの企画運営会社に中途入社していた。

採用条件は、ほぼ満足のいく水準だったし、借り上げ社宅も完備していて、複数応募者がいる中で、採用予定者一名の枠に見事ハマった事にも、この会社との縁を感じた。

「年末に台北で仕事があるんだ。業界メンバーと一緒に視察に行くんだが、君、少しは中国語を話せるんだったよなぁ」

所長から、そう声を掛けられた。入社時に、母親が中国人だと話したせいだと思った。

「いや、実は、簡単な挨拶程度しか話せないんです」

面接のときには、採用されたくて、随分大きな事を言ったことを悔やんでいた。

「俺の出張にアテンドしてもらうことになるからな」

純一は、助かったと思った。出発まで数カ月あるから、それまでに少し勉強しようと思った。大学では父親から第二外国語に中国語を専攻するよう勧められたが、ドイツ語を専攻していた。ブンデスリーガのサッカーをドイツまで観に行くこともあるだろうとの安直な当時の動機を後悔した。

ただ、父親と後妻の楊麗麗との中国語での会話は日頃から耳にしていて、簡単な定型文句などは音で覚えているようなところはあったのだ。

「パスポート持ってなければ、早目に申請しておいてくれ」

所長は、それだけ言って、取引先へ出かけて行った。

早速、純一はパスポート申請に必要な書類を調べて、大津市役所に郵送で申請した。数日後、返送されてきた封筒には、戸籍謄本と住民票が入ってはいたが、住民票の住所が、申請内容と違うとのメモがついていた。

今回は、正しい住所に申請書を訂正して発行するとのことだった。坂本にあるはずの住民票が、大津市浜大津のマンションに移転されているのだ。

純一は、不審に思ったが、夜逃げした事との関連で何か事情があって、父親が住民票を移したのだろうと解釈した。

翌日、申請に必要な書類とともに、免許証や印鑑を持って、新宿のパスポートセンターに向かった。都庁舎に併設されている旅券課の施設だった。かなり混みあっていた。

純一の申請にはひとつ問題があった。発行されるパスポートの受け取りに必要な引換証は、送り先が住民票記載の住所地になるというのだ。

純一は、危険な大津に戻ることはできない。現地にいる他人の協力も得られない。仕方なく、住民票の住所を、現在住んでいる社宅の住所地である練馬区石神井町に一旦移した後、再度出直すことにした。

数週間後、純一は無事にパスポート申請を終え、練馬区の自宅アパートに届いた引換証を持参して、新宿パスポートセンターへ受け取りに来ていた。

待合スペースのテレビから、東京都知事選挙のニュース速報が流れていた。新しい知事が決まったという。都庁にあるパスポートセンター周辺では人だかりができていた。

純一は、最近住民票を大津市から練馬区に移したばかりだから、都知事選の選挙権はまだなかった。現在の自身の所在を知られる可能性があるようなことは、極力避けてきた。大津市坂本にあった自宅に届く郵便物の転送手続きなども無論していない。不自由な面もあったが止むを得ないことだった。

逃避してきた東京での当初の生活は、毎日が苦労の連続だった。最近は、生活も軌道に乗って、仕事の方も充実していた。

法人顧客などの担当も徐々に任されていて、職場での信頼も獲得しつつあり、所長や先輩社員からのアドバイスも得て、遣り甲斐を持って仕事ができるようになっていた。

この日の渡航準備もそうだが、所長の台北出張に同行するための準備は着々と進めていた。中国語の日常会話のテキストを持ち歩き、毎日の通勤電車で音声サンプルを繰り返し聴きながら勉強を進めていた。

欧米人と違って、なまじ漢字が理解できる日本人が中国語を学習する際には、文字から入って学ぶ人も多いが、音を聴いてフレーズで覚えるのが、早く会話をマスターする上でのコツだと、継母の麗子が言っていたのを思い出していた。

東京都民としての住民登録も済み、日本国民としてのパスポートも受領したせいか、心新たに、新しい人生をここからスタートさせたい気持ちが湧きあがっていた。

その頃、加藤聡は西尾運送の事務所で昼食をとっていた。テレビで、東京都知事選挙のニュース速報が出たのを観ていた。

加藤聡と鈴木純一は、同じ東京のわずか10分足らずしか離れていない場所で、同じ時刻に、同じニュース速報を観ていたなどとは、互いに知る由もなかった。

大津市に住民票がある聡には、あまり興味がない事だった。このところ、都知事選挙に関する報道を度々耳にしたが、聡にしてみれば誰が都のトップになろうが自分には関係ない事のように思えた。上京してしばらくは生活していくだけで精一杯だったのだ。

だが、仕事にはだいぶ慣れてきていた。大津で運転手達から指導を受けた、引っ越しにかかわる梱包や積み込みのノウハウが活かされ、手際のいい仕事ぶりを社長の西尾からも褒められた。初めての東京で暮らしていくのに、引っ越しの仕事を経験していたことがとても役に立った。

身寄りがなく、記憶障害を負っていて孤独な聡に、仕事を紹介してくれた大木支部長や、運転手達への感謝の気持ちをあらためて感じていた。

生活の方も、最近では自分のペースが掴めてきていた。西尾からは、大きな病院に通って記憶障害の治療を始めることも勧められていた。

聡には、やるべきことがあった。それは、定かではないものの、河口湖に届いていた父親からの宅配便の箱で見つけた上海の会社の住所を訪ねて、父親と会う事だった。

三十二

翌週、仕事の繁忙期も乗り切った慰労の意味で、社長の西尾が従業員を自宅に呼び、晩飯を振る舞ってくれるということだった。西尾運送は、そういった家族的な雰囲気のある会社で、年に数回はそのような招待があるとのことだ。

今日は、社長が知人から仕入れてきたという但馬牛がたっぷり準備されていた。社長と奥さんが、肉や野菜、それに焼き豆腐やしらたきなどを手際よく大皿に並べて、リビングに用意されたテーブルに次々と運んでくる。古参の事務員の女性が手伝おうとしても、

「いいんだ。今日はみんなの慰労だから、何もしないで座って待っていろ」

と言いながら、社長は嬉しそうに手を動かしている。

旨い食い物というのは、いつでも人の心を幸せにするものだ。どんなに辛い事があって苦境の時も、やはり腹は減る。二つに分けられた鍋に、社長自身が味付けしていく。最後に春菊を加えて待ち、蓋を開けると豪華なブランド牛すき焼きの完成だ。全員に溶き卵の小皿が配られ、ビールやウーロン茶で乾杯となった。

従業員は全員、もちろん社長も奥さんも、全員が笑顔だ。旨いものをしかめっ面で食う

人などいないものだ。聡は、遠慮することなく味が染み込んだ但馬牛を存分に味わった。

「純一君は、関西の出身だから、東京のすき焼きは、少ししょっぱいかも知れないけどどうだ？」

西尾が笑いながら聡にそう話しかけた。

関西のすき焼きの割り下は、東京に比べると砂糖の配分が多いのが好まれ、少し甘い味付けなのだと言われている。

しかし、聡が、濃い醤油味のすき焼きに全く違和感がない事は、無理もないことだった。東京下町の食い物は、大抵味が濃いものなのだ。だが、実は聡が関西出身ではなかったことなど、聡自身を含めて、誰も知らないことだった。

「最高のすき焼きです！　こんな旨いもの食べた事ないです。記憶が戻りそうです！」

聡はそう言って、自身が記憶障害を負っている事さえも、自虐ネタにしてジョークで笑い飛ばすことができるようになっていた。

社長以下、従業員の人達全員に、聡は自身の境遇の事も全て話していた。自分の問題を赤裸々に打ち明けることが、家族のような従業員の人達との信頼関係の元になっていたところがあった。そんなこともあって、みんなも聡のジョークに大声で笑い返していた。

久しぶりのご馳走にすっかり満足したみんなは、そのままリビングで飲み続けている運転手らもいるし、奥さんが用意したデザートの皿を挟んで談笑する事務員などもいて、それぞれ思い思いに食後の時間を過ごしていた。

聡はテラスに出て、西尾社長と話していた。記憶がないので、父親の顔さえ思い出せないが、社長が、運転手としてこの会社で働いている息子に厳しい態度をとったりしている日頃の様子をみていると、聡自身の父親のイメージを想像したりすることがあった。

聡の父親は中国に逃避していて、いずれ訪ねて行こうと考えていることを話した。そばで聞いていた社長の息子が近づいてきて、記憶にはない、聡の父親捜しの話になった。

社長の息子は聡と同世代で、大学の卒業旅行では、香港・マカオに行ったという。渡航に必要なパスポートの取得方法などを聡に教えてくれた。

三十三

翌週、西尾社長は、午後から湯島のおでん屋に来ていた。年に一度、若い頃に修業した運送会社当時の仲間が集まる機会だった。集まった三人は、ともに独立して運送業を営んでいる。西尾が、最初に会社を辞めて、トラック一台から事業を始めた。親分肌の西尾を慕う後輩は多く、創業した十年目から、二歳年下のかつての同僚と二人でこの会合を始めた。メンバーは入れ替わりもあったが、多い時で八人にもなった。誰が言い出したのか、自然と『西尾組』という会合の名前がつけられていた。

その後、廃業してしまった仲間も数人いたが、そのうちの一人の平井が始めたのが、このおでん屋で、カウンター席だけの小さな店だ。普段は六時頃から店を開けるのだが、『西尾組』の日は特別だから、二時から集まって飲んでいる。

湯島で開店するにあたり、西尾と共に平井を支援したのは、その西尾より二歳年下でかつての同僚である加藤亀蔵だった。葛飾区の東京加藤運送という会社の社長である。今では、西尾の会社よりも大きくなっていた。

「師匠、去年、若手が辞めたと言ってらしたけど、いい方が見つかりましたか？」

女将が西尾にそう言いながら寄ってきてお酌をした。この会では、最年長の西尾の事をみんな『師匠』と呼ぶ。二番目の加藤亀蔵のことは、昔から『亀さん』と呼んでいた。

「まぁ、これも縁ってやつだろうが、いい若いのがひとり入って来たよ」

と、西尾は嬉しそうに空のビール瓶を振って、平井を手招きしながらこう言うと、平井はグラスと新しいビールを持って近くにやって来て、西尾のグラスに丁寧に注いだ。

「亀ちゃんのところは、聡が居るから、会社の将来は安泰だよなぁ」

西尾が、加藤にそう話しかけた。西尾運送では、社長の長男が既に将来に備えて、自社で働いているが、加藤亀蔵の長男は、後を継がずに、大学を出て金融機関に就職するつもりらしいと聞いていた。聡の話をすると、加藤の表情は曇った。

加藤は聡に、東京加藤運送の次期社長に着くのなら、現場仕事から徹底的に学ぶことが条件だと日頃から言っていたようだ。少し意地の悪い言い方をしたが、西尾は加藤の反応を見て、まだ後継者問題は解決していないことを感じた。

その話題はそれっきりにして、その後はいつものように、昔話やそれぞれの武勇伝で、何時間も盛り上がった。毎回飽きずに、同じような話が多かった。


まさか、西尾が関西地方から採用した、記憶障害を負っているという鈴木純一なる新人が、いなくなった加藤の長男だったということなど、もちろん誰も知らないことだった。

加藤が、二年もの間、捜し続けてきた愛しい息子は、記憶障害というハンディを負いながらも、加藤の極身近な知人である西尾に拾ってもらっていたのだ。後は継がないと言っていた聡は、その継ぐ気のない、運送業という仕事に救われていた事になる。

世の中は、こうして、誰にも気付かれることなく、見過ごされている『縁』が渦巻いている世界なのかも知れない。

「それにしても、みなさんお元気ですこと。こんな時間から、また今夜は遅くまで何軒も飲み歩くんでしょうから」女将が少し呆れた素振りでそう言った。

加藤が、女癖の悪い平井に口説かれた当時の話を持ち出して女将を虐めた。

「もう、亀さん、その話はやめて下さい！」

女将はその話をされると、いつも顔を赤くして恥ずかしがり、カウンター奥に引っ込んでしまうのだ。

何時間もの間、さんざん馬鹿話をして、おでんをたらふく食ってすっかり腹も満たし、いい具合に酒も入ったところで、平井も連れ出して四人で店を出た。

毎回のことだが、その後は、西尾が行きつけのスナックに行くのがお決まりのコースだ。西尾は、いつも十八番の『なごり雪』を唄う。懐かしいイルカの名曲だ。

山手線の終電に近い時間となり、やっとお開きとなった。女将が言う通り、全く元気なオヤジ達だった。だが、昔のようなことはなく、日付が変わった時間を少し過ぎた頃には、三人は上野駅で解散し、それぞれの帰路についた。

三十四

西尾社長夫妻が企画してくれた、ブランド牛すき焼きパーティーの夜から数日後、聡は、パスポート申請に必要な戸籍謄本や住民票を取り寄せるため、戸籍がある大津市役所に郵送で申請していた。

ところがだ。戸籍謄本は入手できたが、住民票は県外に転出されているというのだ。住民登録は、坂本からＮＰＯ法人関西青少年支援センター大津支部がある大津市浜大津に移したはずだった。

聡は、とりあえず、新宿のパスポートセンターに向かっていた。戸籍謄本や手持ちの書類を元に、パスポート申請の方法について相談するつもりだった。

聡は、何故だかわからないが、父を上海に捜しに行くという、自分がやろうとしている事を遮ろうとする、何らかの大きな力が働いているような気がしていた。

何かをやろうとする時、その成否と関係する流れのようなものがある。流れに従って物事を進めると上手くいくことは多い。流れを無視して無理筋を通そうとすると、その場は乗り切れても、後になって大きな代償を払うような事になることがある。

一方で、流れに身を任せているだけでは活路は切り開けない。時には、勇気をもって流れに抗うことが、後の成功に繋がることもあるのだ。

やろうとしている事を邪魔する力というのを感じることはある。それは、人によるものだけではない。

ただ、流れが好転する前には、その逆の予兆のような、マイナスの変化を感じる事がある。そこを乗り越えた先に好転がある。流れが暗転する前には、逆にプラスの変化を感じる事もある。それを不吉な予兆と捉えることができると暗転から逃れられるのだ。

流れを掴むことは感性と関係している。それは、従兄の陽介がよく言っていたことだった。今の聡は、無論、矢沢陽介のことなど記憶にない。しかし、その感性が不思議と聡の頭の中に活きていたのだ。

聡は、行動を遮ろうとする力に抗い、父親を捜すべく行動を続ける道を選んでいた。

もしも聡が、父親を捜すことはあきらめなくても、海外渡航に必要な手続きを断念していたとしたら、真実に辿り着くことはできなかった。

そして、父親を捜すためだったはずの流れに抗う行動が、父親を見つけ出すという目的とは全く別の、自分の素性を知るための行動であったとは、夢にも思っていなかったのである。

新宿パスポートセンターに行って相談を申し入れると、かなり待たされてからカウンター席に番号で呼ばれた。

戸籍謄本や本人確認書類一式を出して事情を話すと、そのまま待つように言われ、担当者は奥の部屋に入っていった。

かなり時間が経過してから、別の職員が二人来て、個室に案内された。狭い取調室のようなところだった。

職員は、聡に次々と質問を浴びせてきた。決して好意的な対応ではない。何か不正を働いている者を詰問するような口調だった。

そして、職員が発した言葉により、全身に背筋が凍るような衝撃が走った。

「あなた、鈴木純一さん本人ではありませんね」

それから後の事は、混乱の中で、職員の説明する言葉も全く頭に入ってはこなかった。声は聞こえず、遠くで何か話している職員の口元を呆然と眺めているだけだった。

部屋でそのまま待つように言われ、再度職員が戻ってくるまで、どれくらいの時間が経過したたろうか。

タブレット端末を持って、部屋に入って来た別の職員が言った。

「鈴木純一さん本人は、君が語っている生年月日と同じで、既に数日前に、ここでパスポートを受領している」

職員が持ってきたタブレット端末に開かれているデータベースファイルには、鈴木純一本人の顔写真が表示されていた。それを見せられた聡はさらに驚愕した。

河口湖に届いていた父親からの宅配便の箱に入れられていた、サッカー部の集合写真で、聡の隣に立っていたメンバーの顔だったのだ。


自分は、鈴木純一ではなかったというのか。いったいどういう事なのか、自分ではもう何もわからなくなっていた。

そのうち、個室に二人の警官が入ってきた。警察で事情を聴くので同行するように言われた。聡はもう何も考えられなかった。退院してから今まで信じてきた事が、全て虚構だったというのか。

聡は憔悴しきっていた。両手には手錠がかけられていた。新宿署に向かうパトカーから、呆然と景色を眺めていた。

新宿署に着く直前に、聡が目にしたのは、食堂の前に立てられた、ウナギと書かれた茶色いのぼり旗だった。大津の運送会社で東京に移動中、浜名湖サービスエリアに寄った時の事が脳裏に蘇った。

あの時、見知らぬ同業者から人違いされた。聞かれた名前は何だったか。思い出せなかった。もしかしたら、自分は、あの業者が知っていた人物だったのか。人違いなどではなかったのか。

三十五

署内では、小林警部補が取調室で聡と対面していた。自分が鈴木純一ではなかった事により受けた衝撃を抱えたまま、ここに辿り着くまでに起きたさまざまな出来事が、断片的に、まるで映画のシーンのように、次々と浮かんでは消えていった。

自分が大怪我をした時に持っていたパスカードケースに入っていた診察券には、確かに鈴木純一と書いてあったではないか。

河口湖に届いていた宅配便の伝票にあった太く力強い文字は、自分の父親のものではなかったというのか。

自分を抱きしめてくれた祖母も祖父も、仏壇の写真で見た、優しい笑顔を浮かべていた母も、みんな他人だったというのか。

中国に行ってしまったという両親は、自分の本当の両親ではなかったのか。自分がどんなに大変な思いをしてでも、見つけ出して訪ねようとしていた事は、全く意味のない努力だったというのか。どれだけ記憶を遡っても、浮かんでくる出来事の全てを、聡は信じられず、受け入れることができなかった。

もしかしたら、これは何かの茶番劇で、自分は夢でも見ているのか。だが、両手にかけられた手錠の冷たい鉄の感覚が、決して夢などではない事を聡に実感させた。

手錠は、人を物理的に拘束するだけのものではなく、人をそれまでの自由な世界から遮断し、法の意志によって、精神的にも秩序の柵の中に鍵をかけて閉じ込める道具のようにさえ感じられた。

その後は刑事訴訟手続きに従うしか選択の道はない事を認識させ、目には見えない心理的効果を伴っているものかも知れない。

しかし聡は、これが現実であったとしても、自身が犯罪者として扱われていることを認められずにいた。自分がいったい何をしたというのか。

まるで、抜け殻のようになった聡は、次第にこの罪の内容などより、自分が鈴木純一でないのであれば、自分はいったい誰なのかを知りたいという衝動に、駆られ始めていた。

小林警部補は、聡に対して邪悪なものを感じていなかった。聡も、パスポートセンターの職員とは真逆な、好意的な印象を小林に抱いていた。

小林は、今までさまざまな犯罪捜査にかかわってきた。人が罪を犯すことには、それぞれ動機というものがある。

衝動的なもの以外に、その人間の性格、取り巻く交友関係、生活環境、育ってきた家庭の事情などが影響していると考えていた。

事情聴取の場面では、犯行経緯の聴取に加え、犯罪に手を染めるに至るまでの心情の移り変わりなど、被疑者の心の内面に踏み込むことも多かった。それが、動機の信憑性を固める上でも必要なことだった。

犯罪の一歩手前で思いとどまることができなかった人間には、大抵の場合、強い欲や、心の弱さがある。誰しも、欲や弱さを持っているが、理性が犯してはならない行動を止めているのだ。

だが、目の前のこの青年に、身分を偽って不正にパスポートを入手しようとした、どのような動機があるというのだ。それがないであろうことを小林は既に確信していた。

聡は、今までにあった出来事の全てを、時に涙を浮かべながらも、気丈に話していった。小林警部補は、聡の話を聴き取りながら、最初は事務的に調書を取っていた。

一旦、別の警官を呼んで何やら指示をしていた。別の警官は、滋賀県警に情報照会していたのだった。小林のペンの進みは、途中から止まっていた。

大津署内の記録、林元宝による水野昌一に対する傷害事件の捜査でわかったこと、琵琶湖花火大会当日に加藤聡の捜索願が出されていたことなどが、小林の頭の中で全て繋がっていった。

旅券法違反などの容疑とは程遠い、この青年に降りかかった不運な出来事が、長きにわたって本人を苦しめてきたことへの労いの想いが湧いていた。

そして、真実を、この場で自分の口から話してやろうと思った。

小林は、非公式な私見と断った上で言った。

「あなたは、恐らく、葛飾区在住の、加藤聡さんだと思われます」

聡は、小林が何故そう断定したのかといった疑問を持たなかった。小林警部補が言うとおりなのだろうと直感的に思った。

自分の本当の名前は、加藤聡というのだ。こぼれ落ちる涙を止める事ができなかった。

三十六

小林警部補は、司法警察員の権限により、本件の検察庁への送致を見合わせるべく、署内での協議・手続きに入っていた。署長の了解も得られ、加藤聡の釈放は、その日のうちに決定した。ただし、書類作成が必要であり、それが終わるまでの間、加藤聡は署内の別室で待機するように言われた。もうかなり長い時間になっていた。

聡は、狭い部屋の小さな窓から、外の風景をぼんやりと眺めながら、自分の記憶の中にある今までの出来事を思い起こした。もう涙もすっかり乾いていた。

自分の周りで起きていた出来事を一つひとつ思い出し、虚構と現実の境目を振り返っていた。自身が、鈴木純一としてかかわってきた人達とのやりとりで聞いた言葉、発した言葉は、全て記憶の中にしっかりと存在していた。そして、その時に感じた想いや感情は、偽りのない本心からのものであり、現実そのものであったはずだ。でも、自身の鈴木純一としての言動は、全てが間違いだったのだ。

その間違いが起きた発端は、琵琶湖で大怪我をして市民病院に搬送された時に、身に着けていたパスカードケースに入っていた保険証と診察券だった。

いくら考えてみても、どうして他人のものを持っていたのかという疑問のところに戻ってしまう。何か、自分が為した間違った行動によって、それが起きたのだろうか。二年前の琵琶湖花火大会の日に聡は失踪し、両親から捜索願が出ていたのだと、小林警部補から説明を受けた。だが、小林が話してくれた経緯から、他人の所持品を持っていた理由のところについては、全く答えが見出せなかった。

すっかり日も暮れていた。闇に包まれた夜の訪れであれば、気持ちも沈みがちとなりそうだが、窓から見える西新宿のビル群の風景は、賑やかなイルミネーションに彩られた景色に変わっていて、逆に聡の気持ちを少しだけ明るくしていた。

聡は、過去を振り返る事から、次第に気持ちが変化し、自身は加藤聡である事を認めた上で、自分がこれからどうなるのかという、この先のことについて考え始めていた。

小林警部補が部屋に入って来た。釈放の手続きが無事済んだようだ。葛飾の両親にも連絡したと聞いた。新宿署の近くに親戚の人が勤めていて、その人が両親に代わって、間もなく聡を迎えに来てくれるという。矢沢陽介さんという加藤聡の従兄との事だ。

矢沢は、叔父の加藤から連絡を受けた。とうとう聡が見つかり、新宿警察で保護されているという。電話の叔父は興奮していて、甲高く声が裏返っている。詳しい事情はわからないが、矢沢の勤めるオフィスのすぐ近くだから、自分が聡を迎えに行って、そのまま立石の自宅まで送り届けることを伝えた。

矢沢も突然飛び込んで来た朗報に酷く慌てた。直ぐに帰り支度を始めたが、迎えに行く前に、何かしなければならない事がないか考えつつ部屋を出ていた。エレベーターホールまで行ったが、再度デスクに戻って総務部に電話し、特例として遊休車を一台借り受けることにした。総務部でキーを受け取り、そのまま急いで地下五階の駐車場に向かった。

警察署向かい側のパーキングに車を停めて、叔父から聞いた刑事課の小林警部補を訪ねて行き、署内一階の長椅子で待っていた。

矢沢は、今までの捜索で、聡がいなくなってからの足取りのほとんどを把握していた。だが、わかっていたのは、河口湖にある鈴木純一の祖父母の家を出たところまでだった。その後の行方はわからなかった。そして、聡の記憶障害が、どれ程まで改善しているのかあるいは全くしていないのか、聡の状態については全くわからなかった。受傷してから既に二年以上が経過していたが、仮に記憶喪失から回復していたとしたら、自ら自宅のある立石に戻ってきているはずだ。警察で保護されているという事は、それは期待できないことだとわかった。

恐らく、矢沢を見ても従兄とはわからないだろう。顔を見たら、思い出すような事もあるのだろうか。とにかく、まずは無事な姿を確認したい。もうここまで来たら、見失うこともない。早く会って顔が見たい、話がしたい。だが、本人が驚いたりしないように冷静に接するべきだと矢沢は心の準備をしていた。

部屋の前まで案内され、ドアを開くと、そこに聡が居た。ジーンズとポロシャツ姿で、少し日焼けした若者は、間違いなく聡だった。聡は、椅子から立ち上がり、涙目で矢沢の前に立った。矢沢は聡の記憶の有無などとは関係なく、思わず聡を強く抱きしめた。冷静でいることなど到底できなかった。

聡は、小林警部補から、従兄の矢沢が迎えに来ると聞いていたが、自分と従兄がどれだけ親密な関係にあるかなど知らない。小林でさえも、二年以上もの長い間、矢沢が聡を捜し続けてきたことなど知らないのだ。

聡は、きつく抱きしめられた感触から、以前、河口湖で純一の祖母と抱き合った時の事を想い起こしていた。実の祖母だと思って抱き合った老婆は、実は鈴木純一の祖母であり、自分の肉親なんかではなかった。

今、矢沢から強く抱きしめられた感触は、河口湖での抱擁の何十倍も強い力だと感じた。そのことも、今度こそ本当の肉親との再会だということを聡に実感させた。今度は、聡の方がより強い力で、矢沢を抱きしめ返していた。

矢沢は、叔父の加藤に電話して、間違いなく聡と会えた事を報告し、これから車で立石まで向かうことを伝えた。

三十七

新宿署を出て、二人は矢沢の運転する車で靖国通りを東に向かって走っていた。首都高速六号線を利用すれば便利だとわかっていたが、矢沢は、少しでも長く聡と二人だけの時間を過ごし、今まであった事を聡に話したい気持ちで溢れていて、一般道路を走っていた。水戸街道に入り、駒形まで隅田川に沿って走った。

矢沢は、いなくなる前の聡との関係を最初に話していた。そして、いなくなってからの捜索の日々について、ゆっくりと、少しずつ聡に聞かせていった。聡は、自分が市民病院を退院して以降の行動の大半を、矢沢が把握していたことに驚愕した。自分の行動軌跡をなぞるように、後を追いかけていた人の存在など、到底想像していなかったのだ。

聡は、徐々に、初めて会ったかのような矢沢とのぎこちないやり取りから、多少は緊張も緩んだ雰囲気に変わり始めていた。ただ、年上の人に対する丁寧な敬語での話し方のままだった。それは以前の二人の会話とは異質な感じだった。だが、矢沢の方はお構いなく、以前と変わらない口調で、話し続けていた。そうすることが、聡を以前の日常に早く引き戻すことに繋がるような気がしていた。

四つ木橋の手前まで車を進め、荒川の土手のあたりで二人は一旦車を降りて外の空気を吸っていた。矢沢は煙草を取り出して、気持ちよさそうに勢いよく白い煙を吐き出した。

矢沢は、聡が大学の友人らとの卒業旅行の途中で失踪したことを話した。大怪我をして入院するまでの事を矢沢は知っていた。聡は初めてその経緯を知った。

聡は、河口湖を出てから、田端の西尾運送に就職し、自分の父親が上海にいるものだと思い、捜しに行くために渡航の手続きをすすめていた事、自分は鈴木純一だと信じていたため、純一名義でパスポートを申請したことにより、旅券法違反の容疑で逮捕されて新宿署に送られた経緯を話した。矢沢は初めてその経緯を知った。

そうやって、二人は互いが知っている聡の行動軌跡を共有していった。聡は、自分の本当の両親が、どれだけ聡の無事を案じていたかも聞いた。

奥戸街道から、東京加藤運送の敷地まで辿り着き、車を停めて聡の自宅の前まで来た。聡は、玄関の前に立ち、中に入るのを少し躊躇していた。

「聡、お前、自分の家だぞ。何突っ立ってるんだ。親父もお袋も待ってるぞ」

矢沢が促すと、聡は恐る恐る呼び鈴を押した。

両親が揃って出てきて、三人で抱き合った。東京加藤運送の従業員も、数人が聡の帰りを待っていて、事務所の方から走り寄って来た。その場にいた全員にとって幸せな瞬間だった。聡は、矢沢から聞いた、失踪してからの顛末の全てを知り、自分の帰りを待っていた両親の顔から、大粒の涙がこぼれ落ちているのを見て、深い愛情と安堵に包まれていた。

抱きしめられた両親の顔が記憶になかったのに、待っていてくれた従業員の中に、何故だか、ひとり見たことのある人物がいた。古参の従業員の大橋だった。浜名湖サービスエリアで人違いされた人だった。

こうして、加藤聡は無事に家族の元へと戻ったのだが、この物語には続きがあった。

三十八

矢沢陽介は、新東京医科大学病院の脳神経外科病棟の病室にいた。もう三日間も昏睡状態から目覚めていなかった。

担当医である小島医師の話では、後遺障害は残るかも知れないとのことだった。とはいえ、頭蓋内の血腫の範囲は徐々に縮小してきているので、意識は戻ってくる可能性があるという。

事故は不運な形で起きた。矢沢が金曜日の夜に仕事を終えて、新宿駅の混みあったホームで電車を待っていると、酒に酔ってふざけた学生の集団が、ホームに並んでいる乗客の列に倒れこんできた。

矢沢は、隣にいた年配の男性を庇おうとしたために、ホームに転落したのだった。年配の男性は転落を免れ無事だったが、身代わりの形となった矢沢は、線路に敷き詰められた石に頭を強打して意識を失った。直ぐに救急隊が到着して、近くの東京医科大学病院に救急搬送された。新宿駅は騒然となっていた。

矢沢は、医師や看護師、見舞いにくる知人からみると、じっと目を閉じたままで、昏睡状態の患者にしか見えなかった。実際そうなのだ。

言葉を発することはなく、呼びかけに反応する事もない。本人と、それを見守る周囲の人との、コミュニケーションは一切途絶え、心臓の鼓動や呼吸は続いていて体温も維持してはいるが、仮に本人に、寒いとか暑いとか痛いとかの不都合な環境があったとしても、それを言葉で表現することができないばかりか、仕草や表情で伝える事さえできない。

意識が無いという状態は、本人がモノを考えたり、何かを判断したりはできないし、本来なら苦痛でも、苦痛と感じる事さえないのかも知れない。そうやって、矢沢には、三日間も同じ状態で変化がなかった。


しかし、矢沢の魂は活きていて、活発に動いていた。周囲からの呼びかけもしっかりと本人に届いていた。

健康な者を上回るような、研ぎ澄まされた意識で、夢の中を旅しているのだ。それが外からはわからないだけだ。夢の中の事は、矢沢にしかわからない。

矢沢には、琵琶湖の風景が見えていた。琵琶湖から流れ出る瀬田川は、京都に入って宇治川と名を変え、桂川と合流して、淀川になって大阪湾に続く。大阪湾は、太平洋に繋がっているのだ。

富士山麓の堰止湖である河口湖であっても、人工水路で相模川に繋がり、相模湾から太平洋へと続いている。浜名湖も太平洋と繋がり、さらには、中国江蘇省の太湖であっても、揚子江から杭州湾にそそぎ、東シナ海を経て、太平洋と繋がっている。

こうして、世界中の湖は、海を介してすべてが繋がっているとも言えるのだ。海や湖だけではない。地球上に存在する空気は、温度や水分を変化させながらも全て繋がっている。そして、縁の糸は、場所を繋ぐだけに留まらず、人と人の間にも入り込み、過去と現在、現在と未来の間も瞬時に行き交う。時空を超えて繋がっているのだ。もちろん目には見えない。そして、起こった出来事が、縁の仕業だということにさえ気が付かないことが多い。

人が縁を操ることはできない。しかし、縁を大切に扱うことが、好ましい縁を引き寄せることはあるのだ。矢沢は、夢の中で、そんな思いをしっかりと感じていた。矢沢は、縁が紡いできた今までの人生で、多くの素晴らしい人達とかかわってきた。

矢沢が入院してから、半年が経過した。

意識は戻ったが、記憶障害が残っていた。自分が誰なのかがわからなかった。ベッドには、矢沢陽介49歳というプレートが掛けられていた。それで、自分が矢沢陽介なのだとわかっただけだった。

自分が誰なのかがわからない一方で、一部の鮮明な記憶が残っていて、主治医も極めて珍しい症状だと言っていた。不思議な現象と言っても良かった。

加藤聡が、久しぶりに見舞いに来ていた。矢沢は、それが聡だと認識していた。

「聡、お前、いったいどこに行ってたんだ。でも見つかって本当に良かった」

聡が来ると、矢沢はいつもそう言うのである。見舞いに来る人達は、矢沢の奇妙な言動に、驚くことがあるという。

「琵琶湖の花火大会は壮大で素晴らしいんだ」

「茶髪の男には気を付けた方がいい」

そんな訳のわからない事を突然言ったりするのだ。

矢沢の勤務先の親しい人が見舞いに来ても全く思い出せない。だが、叔父の加藤の事は覚えている。そして、叔父の会社の古参の社員である大橋の事などを覚えているのだ。

聡を驚かせたのは、聡の大学の友人である森の名前を知っていたことだった。

聡は、何か不思議な気がしていた。みんなには話していないが、聡が矢沢と病室で二人きりになった時、琵琶湖の話から、中学時代の親友の田辺の名前を出した時の事だった。

「ああ、達郎君ね。彼は元気なのか？　お姉さんの道子さんは？」

矢沢のその言葉に、聡は不思議な気持ちを超えて、少し怖くなったのだった。

さらに、三カ月が経過した。

矢沢は、記憶障害から回復するためのトレーニングを、毎日地道に続けてきた。徐々に記憶が戻りつつある兆候がみられると主治医は言った。記憶レベル改善のきっかけとなっている可能性があると話すのが、従弟の加藤聡の訪問だという。聡が面会に来るたびに、改善の傾向が強くなっている。

意識が戻って以降の事を、矢沢はほとんど覚えていた。見舞いに来た勤務先の部下の桜井課長のことも、二度目に来た時には、もう名前で呼んでいた。ただ、多くは語らない。だが、記憶が回復している事柄には、非常に偏りがあるとの事だった。接触機会が多かったなど、親しい人だから覚えているという訳でもないのだ。その科学的根拠は、主治医にもわからないという。

主治医の小島は、今までさまざまな患者の予後をみてきた。記憶障害に関しては、改善の方向に向かっている患者が、あるきっかけを境にして、それまでよりもさらに回復の速度を上げるような事が何度もあった。そして最終的には過去の記憶を取り戻すのだ。

そんな経験から、矢沢陽介の場合、従弟の加藤聡の面会が、そのきっかけと関係するのではないかと感じていた。親族から聞いたところによると、矢沢と聡は、同居しているわけでもなく、同じ東京在住とはいってもも居住地が近いわけでもない。最近では、会うことも正月やお盆など、年に数回なのだという。

何か、過去に二人に起きた、非常に強いインパクトのある出来事によって、精神的に強い結びつきが生じたようなことがあるのかと聞くと、確かに、聡が幼い頃から、矢沢は随分と可愛がってはいたとのことだった。

小島は、医学部時代からの友人であり、現在は大学の研究室にいる神経内科専門の医師である竹内に、この事を話していた。過去の出来事に、特別な結びつきを持つ原因がなかったか親族に尋ねたのも、竹内と話していてそう思ったからだった。

竹内医師によると、人間の感情は、一日に二万回以上も湧き上がってくるという研究結果があるという。そうすると、日常生活では、約三秒に一度、人には何らかの感情の変化が生じていることになる。

一方、人間が、夢の中で感じる感情の変化は、その何百倍ものスピードで現れては消えていくと考えられると竹内は言う。日常生活で丸一日かけて経験したことのうち、本人の印象に影響する出来事を拾って、睡眠中の夢の中ではたった数秒で、一年間の出来事でも数時間で、脳内を駆け巡っている可能性があるというのだ。

健康な人でも、睡眠中に夢を見る夜がある。夢に出てくる場面は、直近で自分に降りかかってきた出来事と関連する事が多い。辛いこと、苦しいこと、怖いことなど、悪い事だけではない。嬉しいこと、楽しいこと、期待することなど、良い出来事や願望なども、夢の元となっていて、自身の感情に強く影響したことが、夢となって現れてくるのだ。

あるいは、過去に見たことがある、似たような情景が何度も出てくる事があったり、同じ場面で毎回トライするが、大抵、いつも上手くいかなかったりもする。

小島医師は、他の面会者が来ても言葉は少ない矢沢が、加藤聡の面会時には、わりと積極的に話をすると聞いていた。矢沢の印象に強く残っている事柄を探り出す事が、記憶回復を早めることに繋がるような気がしていた。

小島は、次回加藤聡が来る時に、矢沢が話す脈絡がない会話の中で、よく発する単語を書き留めておいてもらうように話しておいた。

三十九

病床での日々は、間もなく一年が経過しようとしていた。

今まで、大病や大怪我の経験が全くなかった矢沢は、このように長期間入院することは初めてだった。

健康な体だとしたら、これほどの期間、病室に閉じ込められていれば、早く自宅に帰って自由に動き回りたい気分になるだろうと思う。

だが、頭部外傷を負ったことで生じた記憶障害によるものであることからか、矢沢にはそういった意欲があまり湧いてこなかった。

小島医師によると、日常生活を送る上での大きな支障はない状態であり、今後は、通院治療が可能とのことで、多摩の自宅へ帰ることができるという。

来週には退院の予定だった。

退院の日を数日後に控えて、矢沢はベッドの上で、聡の失踪にまつわる長い捜索の日々を思い返していた。

さまざまな人の協力を得て、聡を捜しだすことができたのだ。捜索の過程では、壁に突き当たることが何度もあった。それを一つひとつ乗り越えてきた。

自身が新宿駅で大怪我をした時の記憶は全くないにもかかわらず、河口湖で会った鈴木純一の祖母の何処か寂しげな顔、蓮光寺住職のふくよかな顔も、鮮明に覚えていた。田辺達郎の電話の声は、今も耳に残っている。

自力で、自身の素性を明らかにすべく、孤独感と闘いながら、辛くても必死に生きた、聡の逞しさに、矢沢は頼もしい想いがしていた。

聡が、鈴木純一の家を訪ねた時、既に純一は夜逃げして、そこにはいなかった。だが、聡は、純一の実母である幸子の墓に寄り、花を手向けた。幸子の葬儀では、サッカー部の仲間とともに、泣き崩れる純一を慰めた。聡の故人に対する、強い畏敬の念は、冨士霊園の先輩の墓前でも感じていた。


「加藤さん、今日の矢沢さんのご機嫌はどうでしたか」

小島医師は、面会に来た帰りに、医局に寄ってくれた加藤聡にそう聞いた。

「先生に言われたとおり、よく出てくる単語を聴きとっておきましたよ」

聡は、メモを取り出してそう言った。

「それはそうと、矢沢さんの話は、いつも支離滅裂なんですけど、聡、お前、いったいどこに行ってたんだって、毎回言いますね」

矢沢が、よく使う単語についても、聡は小島に話した。

「たぶん、過去の出来事で、陽介さんの印象に残っている事だろうと思いました」

聡がメモしていた単語は、

『線路の石』

『花火大会』

『親父の三回忌』

『琵琶湖』

『ウナギの茶色いのぼり旗』

『パスポート』

など、いずれも相互に関連があるとは思えないものだった。

「矢沢さんは、聡さんがいなくなった夢でもみていたんでしょうかねぇ」

小島はそう言った。

同じ病室の隣のベッドには高齢の患者がいて、奥さんが同じ病棟に入院しているという。毎日ご主人を訪ねて来ては、窓際で飼っているカメに餌をやっていた。

退院の日は、勤務先が近い聡が迎えにきてくれるという。聡は、四月から新卒で赤坂証券に勤務していた。

入院費の精算の件で、医事課から担当者が説明にきた。名札には中川とあった。

聡は、来月には、中学時代のサッカー部ＯＢ会に出席するため、大津に行くと話している。大津を訪れるのは十年振りだと言っていた。

小島医師から、記憶に偏りがあると思われていた。昏睡状態に陥る以前の生活で、矢沢が経験してきた事柄のうち、ほんの一部の鮮明な記憶についてだけは、人の名前や地名など、固有名詞を含めて、矢沢の口から正確に言葉として語られていた。

長年勤めている自身の勤務先の名称はわからないのに、どういう訳だか聡の勤務先が赤坂証券であることを知っている。

記憶が残っている領域と、そうでない領域を分ける条件がいったい何なのかが、どうしても解明できなかった。

実は、矢沢が記憶に基づいて語っていると考えられていた数々の言葉は、過去に体験した『現実』を記憶したものから発せられたものではなかったのだ。

それらの言葉は、矢沢の『夢』に出てきた出来事を元にしたものに過ぎなかった。

矢沢が、二年余りにわたって奔走し、加藤聡を捜索してきた長い日々は、三日間の昏睡状態にあった矢沢の夢の中だけで、全て彼の想像力が作り上げたものだということだった。

その夢の場面というのは、父親の三回忌に向かうため、矢沢が住む多摩の最寄り駅ホームに立ち、ぼんやりとした意識の中で電車を待つ、寒い冬の情景から始まっていた。

自身を重傷に至らしめた新宿駅の線路に敷き詰められた石が、夢の始まりである多摩のホームで見つめていた線路の石の印象を作り出していたと考えられる。

さらには、幼い鈴木純一が、信楽高原鉄道の駅のホームで兎のぬいぐるみを拾おうと飛び降りて、鎖骨を打ち付けた線路の石を、夢の中で描き出すことにも繋がっていたのだ。

矢沢が新宿駅のホームから転落し、重傷を負って昏睡状態に至った事だけが事実なのであり、琵琶湖で聡が失踪するという災いは、そもそも存在しない出来事だったのである。

四十

退院の日、矢沢は、迎えに来た聡の車で多摩の自宅に向かっていた。

助手席に座り、矢沢は目を閉じている。病院を出て暫くの間、二人は無言のまま、道路工事で渋滞している国道二十号線を西に向かってゆっくりと走っていた。

矢沢の自宅がある多摩までは、首都高速四号線に乗れば便利なのはわかっていたが、何故か、時間をかけて矢沢を自宅まで送っていくことで、少しでも長く車内での二人だけの時間をもちたい気持ちがあった。

既に聡は、矢沢の記憶が、三日間の昏睡状態にあった間、病室のベッドの上で見ていた『夢』を元にしたものであることに気付き始めていた。

しかし、その『夢』の詳細な内容まではわからない。ただ、矢沢が発してきた数々の言葉から、聡が琵琶湖で何らかの事件に巻き込まれて行方不明になり、長い間、矢沢は自分の行方を案じつつ捜し続け、やっとのことで見つけだしてくれたというようなストーリーが想像できた。

入院直後、昏睡状態にある矢沢の枕元にあった手帳を眺めていた時、来月8月8日夜のスケジュールに、『聡と食事』という記載があったのを聡は見ていた。

久しぶりに飯でも食いに行こうと誘われていたことから、新宿駅での転落事故当日の昼休みに、聡が矢沢に電話して日取りを決めたばかりだった。

「8月8日は、八並びで覚え易いな」

と矢沢は言っていた。

「毎年大津市で琵琶湖花火大会が開催される日だから、覚え易いよ」

と聡も応えた。

人が見る夢というのは、直近にあった出来事や、自身が潜在的に持っている意識を元にしている事が多いと、小島医師が言っていた。

夢とは、本当に不思議なものだと思う。

新宿駅のホームで、他人を庇ったことにより起こった転落事故は、不運な出来事ではあったが、矢沢が一命を取り留めたことは幸いなことだった。

そして聡は、その想像される夢の筋書きから、矢沢が何かと自分を気にかけてくれているような気がしたことが嬉しかった。

きっと、矢沢と聡が『夢』の主人公だったのだろう。そう思った。

しかし、矢沢自身は、自分の記憶の元が、よもや夢の中だけの出来事だったなどとは、決して考えていないだろうと、聡は思っていた。

そんな事を話したら、矢沢は酷く混乱するかも知れない。矢沢は、冷静に聡の話を聴き、それを理解できる状態にあるのかどうかもわからない。その事をどのように矢沢に伝えて、夢の筋書きを確認すべきなのか、聡は迷いながらハンドルを握っていた。

聡は、自分が、何故か矢沢が見ていた夢の筋書きを知りたいという欲求の方に意識を向けてしまっていることを感じた。矢沢が記憶を取り戻す事こそが大切なのだ。夢の筋書きを知った上で、何かを矢沢に語りかけることが、果たして矢沢を記憶障害から救い出す事に繋がるのだろうか。

矢沢が、おぼろげに記憶している過去に起きた出来事が、実は現実に起きたことではないのだという事を、どのように話せばいいのだろうかと聡は考えていた。

聡は、自分が琵琶湖で失踪するような事実は無かったという部分を避けながら、緩やかに矢沢の記憶を蘇らせようと考え、言葉を選んでいた。

記憶の元となっているはずの『夢』での体験を辿る過程で、事実とのズレを徐々に認識していく事により、矢沢が自発的に、現実との違いに気付いてくれるのではないかとの期待があった。いきなり記憶の元を否定するようなやり方は、せっかく進行しつつある過去を思い出す思考をぶち壊してしまいそうな気がしたのだ。

聡は、小島医師から、矢沢と色々な話をするのが回復には効果的だと言われていた。信頼関係のある聡との多くの会話の中から、回復のヒントを矢沢自身が見つけ出すことが大切なのだと小島医師は話していた。

聡は、自分が幼い頃から、矢沢と触れ合ってきた懐かしい想い出など、昔話から話し始めていた。その時代に起きた世の中の出来事や流行った音楽、一緒に行った場所や矢沢から言われた言葉などを一方的に話し続けていた。

自身の移り住んだ土地や真剣に取り組んできたサッカーの事なども話した。矢沢は、時に笑顔も浮かべながら聡の話を聴いていたが、言葉を返してくることは無かった。

聡は、矢沢の記憶回復のための作業との意識ではなく、自分がよく知っている従兄との語らいを楽しむだけの意識に変わっていて、ただ何か心地よい感覚に包まれながら、無心に語り続けていた。

二人の車は、時間をかけて多摩川の近くまで進んで来た。矢沢は、終始窓から周囲の景色を注意深く眺めながらも、聡の話す事をしっかりと聴いてるように見えた。

病院のある新宿からの道のりは、矢沢が何度も通ったことがある場所であり、記憶の元が詰まった風景に違いなかった。病院を出てから、目を閉じていた矢沢の表情は、好奇心に近い、何かを追い求めるような前のめりな表情にすっかり変わっていた。

「聡、少しその辺で休憩しないか」

矢沢が言った。

「何か、飲み物でも買ってこようか」

聡はそう言って、コンビニの前で車を停めた。

矢沢の好きなドリップコーヒーを二杯、聡はマシンで抽出していた。矢沢は店内を歩いて、商品を手に取ったりしていた。ずっと病院にいたので、何か食いたいものでもあるのだろうと思った。

二人は、多摩川の土手まで歩いて行き、肩を並べて座っていた。買ってきた珈琲を飲みながら、河川敷のサッカーコートでボールを蹴る若者達が躍動しているのを眺めていた。そうしていると、矢沢が元気だった頃と、何も変わっていないような気がした。

矢沢は、買って来たコンビニの袋から煙草とライターを取り出した。一年以上の入院生活の間、断っていた喫煙だ。

旨そうに煙草を吸っている矢沢の姿を見て、聡は何故か嬉しい気分になっていた。以前の矢沢が戻ってきたような感覚が湧きあがって来たのだ。

しかし、記憶は失っても、自身が喫煙者だった事を覚えているものなのだろうか。聡は矢沢が取り出した煙草のパッケージを見て、それが空色の『ハイライト』であることに驚いた。自分が吸っていた銘柄を覚えていたということになる。それとも、夢の中でも「ハイライト」を吸っていたという記憶に基づくものに過ぎないのか。

矢沢が、二本目に火をつけながら言った。

「聡、俺は、昏睡状態にあった間に、お前が失踪した夢を見ていたようだ」

聡が気遣うまでもなく、既に矢沢は、自身の記憶が『夢』を元にしていたものだという事に気付いていたことを知った。

数日後、矢沢は現実の世界にいた。

退院後まもなくで、まだ完治はしていないが、父親の三回忌法要のため、横浜の実家に出かけるところだった。

父親が亡くなってからもう丸二年だ。法要の後、親戚が実家に集まると、男どもは麻雀に興じるのが恒例だった。

矢沢の住む多摩から、実家がある横浜までは、京王線からＪＲと地下鉄を乗り継いで、一時間ほどかかる。

ホームには、真夏の明るい日差しが照り付けていた。線路の周りには、おびただしい数の小石がびっしりと敷き詰められている。

多摩の気温は都心より少し低い。そうはいっても、夏はやはり暑い。高架のホームは風が吹き抜けて心地よい。夏には夏の日差しを満喫し、冬には冬の風情を楽しむ。自分が置かれた環境を楽しみ、健康で、今を精一杯生きたい。矢沢はそう思っていた。

この作品はフィクションであり、実在する人物、団体等とは関係ありません。

ケビン　小竹（けびん　こたけ）

1960年生まれ。東京都出身。明治大学法学部卒業。保険会社に36年間勤務。全国各地の拠点勤務、本社企画部門、上海駐在、新事業などを経験。定年退職後、執筆活動を始める。

湖を渡る軌跡

2023年10月29日　初版第1刷発行

著　者　ケビン小竹
発行者　中田典昭
発行所　東京図書出版
発行発売　株式会社 リフレ出版
〒112-0001　東京都文京区白山 5-4-1-2F
電話 (03)6772-7906　FAX 0120-41-8080
印　刷　株式会社 ブレイン

ISBN978-4-86641-676-2 C0093
Printed in Japan 2023